カイル
シャドウ
エヴィル
・ロー

カイロス
シエル
（セシル）

放置された花嫁は、ただ平穏に旅がしたい

Hana

ぶんか社

C O N T E N T S

プロローグ

この世界の全てはもう、捜し尽くしてしまった。
なのに何処《どこ》にもいない。

あれからどれだけ経ったのだろうか？
生きてさえいてくれれば、せめて魂さえ残ってくれれば。
それだけでいいと願ったあの時から、もう何百年経ったのだろうか。
目が覚めてから、ずっと捜している。
なのに見つからない。
もう。いっそ。
私のことも、誰のことも、覚えていなくてもいいから。
私のことが嫌いになっていてもいいから。
ただ、また会いたい。
君のいないこの世界は寒くてしょうがないよ。

そうだ。
今度こそ。次に会えた時には。

真っ先に、結婚の契約で縛ってしまおう。

今度こそ。
邪魔をされる前に。余計なことが起きる前に。
二人で願ったあの未来を、今度は真っ先に形にしてしまうのだ！
次は、決して離しはしない。
この世界の何処にも君はいなかった。
ならば、この世界の外に捜しに行くまでだ。
それが出来る力がようやく戻ってきた。
今こそ、この全ての力で。
たとえまた力を使い果たすことになるとしても。
君を捜しに行くよ……セシル。

私の唯一と誓った花嫁。

第一章

私を呼ぶ声がする……気がする。
ふと見るとそこは海の底……なのかな。
目の前を自分の髪が漂い、ゆったりとした水の流れが体を撫でる。
ほの暗い底に座る私は周りを見回して……。

どこ？
私を呼んでいるのはどこから？
……そこから？
なにか引かれるものを感じて立ちあがり、私はふらふらと歩き出した。

着いた先は大きな部屋だった。
なにもない広々とした空間に台座が一つ。
そしてその上には……。
銀の髪が豊かに流れる真っ白い男の人が眠っていた。
近づいて見てみる。
銀の髪、銀のまつげ……。

そのまつげが震えると、静かに開いた。

銀の瞳。

その瞳が私を捕らえると、それはそれは嬉しそうに微笑《ほほえ》んだ。

静かに起き上がる。

そして薄い唇が美しい低音を紡いだ。

「会いたかった、セシル。私の花嫁」

ハイ？

「ようやく会えて私は嬉しい。長い間待っていたんだよ。でももう、待てない。だから」

私の目を見て、彼は流れるように言った。

「私と式を挙げてしまいましょう。今すぐ」


はい？

なにごと？

式って、なに？

ああ、花嫁とか……え？　じゃあ結婚式!?

今　す　ぐ　!?


しかし目の前の銀の君は、物凄い期待の目でこちらを見ていた。

なにやら見えない尻尾が力一杯フリフリしている。

え、ちょっとカワイイ……。

じゃなくて！

初対面だよ!?

はじめましてだよね!?

おかしいだろう！


でも……。

何故だかこの人、しっくりくるのよね。

なんだか……ちょっといいなと思ってしまう自分がいるのよ。

おかしいな。断る気に、何故かなれない。

むしろ、ずっと一緒にいたいと思ってしまうくらいには、何故か惹かれるものを感じてしまう。

ああ、何故だろう、それは正しい気がしてしまうのよ。

だから。

そうね、いいんじゃない？

そう言うと、その銀の君は「ありがとう」と言った。

それはそれは嬉しそうに、幸せそうに。

すぐに彼は私の手をとると、宣誓《せんせい》を始めた。

簡潔で力強い……何故か音楽のように響く不思議な声。

「我、エヴィル・ローはこの者セシルを妻にし、生涯愛し、多くのものを共有し、そして守ることをここに誓う」

そして私の左手の甲と薬指に口づける。

私を見つめる銀の瞳。

なにかを待っているように……ああ……私の番なのね。

なにを言えばいいのかわからないので誓うだけでもいいのかな。

「はい、誓います」

その刹那《せつな》、彼が口づけた私の左手の甲に魔法陣が浮き出して光り始め、どんどん光が膨張して辺りを真っ白に染め、そして消えた。

「ああ、これであなたは正式に私の妻となった。私は力を取り戻すためにもう少し眠らないといけないけれど、これで安心して眠れるよ。ありがとう。あなたは、そうだね。その間、のんびり旅でもすればいい。きっと楽しいだろう」

あれ？　まばゆい笑顔で私を放り出そうとしている人がいるよ？

いやでもちょっと待って。

私、なにも知らないよ？　旅と言っても、まずここはどこ？　お金は⁉

それよりなにより、私はセシルっていうの？

いろいろな疑問が渦巻いて混乱している私を見て、銀の君がクスリと笑った。

「ああ、あなたはまだ慣れてはいないのだね。ではシャドウを付けよう。連れて歩けばいい」

彼の目線を追って振り向くと、そこには半透明な白い人が立っていた。あ、シャドウって、影か……彼とそっくりだから、彼の影？　ってこと？　え、独立してるの？

ちょっとそろそろ頭が追い付かないよ。

「あと、名前は人には言わない方がいいだろう。普段はセシル以外の名前を名乗りなさい」

ということは私の名前はセシルなのね？

「そうだね、シエルなんてどうだろう？」

はあもうそれでいいです。シエルねしえる。はいおっけー。

だんだん投げやりになってきた。

「ではあなたはどうお呼びすれば？」

さっき宣誓にあった名前は言わない方がいいのなら、そっちも聞いておかないと。

と何気なく聞いたら、銀の君、突然デレデレに嬉しそうな表情をしたあとに答えた。

「だんなさま、で！」

語尾にハートがついていそうな様子に引いた私は、もうそれ以上突っ込んで聞く気力を、なくした。

そして「だんなさま」は、また倒れるように眠りについてしまったのだった。

あらー？

◆◆◆

「だんなさま」はまた眠ってしまった。目が点になるとはまさにことのこと。いやもう何度かなっていたけれど。

うん、お疲れなんだね。

私はシャドウさんと二人で取り残された。

いやあここで「なにか」と一緒というのは心強かったです。もう「誰か」じゃなくてもいいです。半透明でも本当に嬉しかったです。一人ぼっちだったら、多分泣いてた。

とりあえず「よろしくお願いします」と挨拶してみたら、シャドウさんはニッコリ微笑んでから歩き出した。付いていきます！　置いてかないでー！

こうして私の旅は始まった。

強制的に。否応なく。結果的に。

だけどシャドウさんは優秀だった。

衣食住をさくさく用意してくれて、私はなに不自由のない旅を始めることが出来たのだ。

この人がいなかったら、今ごろ野垂れ死にしていてもおかしくはなかったです。はい。

ありがとうシャドウさん。

お金の心配もなく旅が出来るって、とっても楽しい。

着たい服が着れて寒くもなく暑くもなく、お腹一杯食べられて。夜は清潔な宿で寝れるのよ。しかもシャドウさんがいるから、女一人だったら悩まされたであろう不埒《ふらち》な輩《やから》も近づいてこない。

最高じゃない？

私は決めた。

この旅を楽しもう。

「だんなさま」が起きるまで、私は楽しく過ごします。

ありがとう、「だんなさま」！

私、めいっぱい楽しむからね！


自分の名前と偽名以外、なんにもわからなくても、きっとなんとかなるでしょう。しかし偽名ってなんだ。まあ使うけど。こういうのは訳もわからずに逆らうと、痛い目にあうのは多分、自分。面倒はごめんだ。

ちなみに元は半透明だったシャドウさんは、今は実体化している。

私たちは最初どうやら山の中の建物らしき中にいたみたいなんだけど、その建物を出たら実体化したのだ。

ただし、真っ白な人として。白くて長い髪、白い肌、グレーの目。実体化しても人間味が薄いのは何故だろう。そして銀色どこ行った。まあ、そこらへんは生活に支障はないので考えないことにする。

ちなみに私は黒い髪に黒い瞳だった。お顔は平凡。むしろ地味。なんであんなキラキラしい人が私を花嫁にと言い出したのかは全くの謎だ。

そしてシャドウさんは喋らない。

まあ、もともと人間かどうかも怪しいので、そこは気にしない。コミュニケーションも、なんとイメージで送られてくるから困らない。なにこれ便利だな。百聞は一見にしかずを地で行く感じ。

ただし、どうも接触しないといけないみたいで最初は抱きついてきていた。けれど、そこはお願いして手を繋ぐだけにしてもらっている。見えない耳が垂れていたけど、負けちゃだめだ！　人目が気になるのよ。人目がね。


まあそんなこんなで、なかなか順調な滑り出しを見せていたある日。

お部屋でシャドウさんがハグしてきた。だーかーらー。

まあ、部屋だからいいか。

なんて思っていたら。

なんと映像が送られてきた。動画も出来るんだね、シャドウさん。知らなかったよ。


「さっきのあれ〝末裔《まつえい》〟だろ？　すげえなオレ初めて見たよ！　本当に真っ白なんだな！　あんな目立つナリなのに普段は全然見つからないって、どんな所にいるんだよってぇ話だよなあ！」

なんか陽気な荒くれ者といった風貌のおっさんが、興奮気味に、あれは……この宿の主人か、昨日見たな、な人に話しかけていた。

真っ白って……シャドウさんのことだよね？

「ちょっと……やめてくださいよ。私はとばっちりはゴメンですよ。営業停止なんかになったらシャレにならないんですって」

「えー大丈夫だよ。こんな田舎じゃわかんないって！　それよりどうなの、なんか知らない？　昨日は他に女もいたじゃねえ？　なんだろう、恋人？　それともただのお付きの人かな？　女連れなんて初めて聞いたぜ。ところであの〝末裔〟サン、オレの膝治せねーかなー、どう思う？」

なんか興味津々《しんしん》だなこの人。

〝末裔〟ってなんだろう？

この下のロビー？　食堂？　の風景らしい。

凄いな、離れた所の風景を覗けるのか。なんだっけこれ、確か「千里眼《せんりがん》」？

シャドウさん、有能過ぎて驚くよ。

そういえば、今まで自分の生活で手一杯であまり気にしていなかったけれど、たまに聞こえてきたな、〝末裔〟って。

さすがにシャドウさんのイメージ図だけでは細かなところはわからないんだよね。改めて噂されているのを聞いちゃうと、うーん、気になる。

今まであんまり他の人とは話したりしたことがなかったけれど、そろそろ他の人ともコミュニケーションを通して情報を仕入れることを、考えてもいいのかもしれない。

あの荒くれさん、近づいたらお話してくれるかな？

◆◆◆

とりあえず私は宿屋のロビー？　食堂？　に下りてみた。

情報収集の第一歩だ。

ちなみにシャドウさんはお部屋待機。この人やることがなくなるとすぐ寝ちゃうのよね。なので寝ている人はそっとしておこう。

ロビーで寛《くつろ》ぐ荒くれ者だの、旅の人だの、そこそこ人がいたけれど、その全員から注目を浴びてしまった。

まあそうだよね。私は今、〝末裔〟と一緒にいた女。

そして今一人で行動している。普通は危ないよねぇ。

剣を持っている人がチラホラいるし、それなりに物騒そうだ。

まあ、真っ昼間な上に人がたくさんいればなんとかなるでしょう。虎穴《こけつ》に入らずんば虎子《こじ》を得ずってね。

なんて思いながら、まずは宿屋の主人と話してみようとカウンターに行ってみたら、さっき映像で見た荒くれさんが早速近づいてきて話しかけてきましたよ。

本当に興味津々だなこの人。

では初コミュニケーション、レッツトライ。

私は記憶喪失の迫真の演技もといい事実そのままで、気がついたら旅してたんですけどぉ。ここはどこ？　一緒のあの人やたら白いんだけど、え？　〝末裔〟？　それってなあに？　と聞いてみた結果。

ここがトゥールカとかいう王国で、今いるのはそのほぼ最北端だった。

で、〝末裔〟というのは、どうやら昔の王様の末裔を意味しているらしい。

なにやら不思議な力があって、色素が薄くて、昔は絶大な権力があったけれど、三百五十年くらい前に最後の王様が死んでしまったと。

で、たまーに色素の薄い人がいると、その王様の子孫なのではないかと噂されるのだそうだ。で、昔の王様に不思議な力があったから、〝末裔〟も特別な力があるのではないかと密かに人気があるらしい。密かに。

何故密かにかというと、今の王室は違う一族なので、大っぴらに人気が出ると反逆心を疑われて、過去には逮捕者も出ているとのこと。

「あんたとこの〝末裔〟さあ、なにが出来るのかな！　お前さんの記憶を取り戻したり出来ないの？　オレは最近膝が痛くてよう、これ治せねえかな？　ちょっと頼んでみてくんない？」

なにそれなんていう神様？　便利だなー「不思議な力」っていうイメージ。

まあでも言われてみれば、千里眼？　透視？　みたいなことはやっていたよね。

でもそれを言うと面倒な騒ぎになりそうなので、今回はお口にチャック。「さあ……？」ととぼけておく。

だいたいこの国の人たち、三百年以上も前に滅んだ人の、末端の子孫にそんな能力があると信じているのかい。

さすがにそれは夢を見過ぎでは？

「まあ最後の王様は独身のまま死んだらしいし、子供がいても隠し子だなっ！　へっへっへ。まあこんな話が出来るのも国の隅っこのここだからだぞう？　みーんな知ってる話を人に聞いたりしちゃダメだぞー。王都だったら即逮捕されてめんどくさいことになるぜぇきっと。何故だか王室が目の敵にしてるからなぁ」

なるほど了解。

じゃあシャドウさんと一緒に王都なんかには行かない方がよさそうか。華やかそうでちょっと興味があったんだけどなー、おしい。

というかそう考えると「だんなさま」、あの人も〝末裔〟と言われちゃう人種なのかな？

見えない尻尾をブンブン振っているご機嫌な人を思い出して、ちょっとほっこりしてみたり。

今は一人寂しく寝ているのがかわいそうだなー……。

まあ彼が寝ているせいで私は放置されているわけですがね。

新婚早々放置プレイ。なんでだ。

そんなことを考えていたら、荒くれさんが飲み物をくれた。

「まあお近づきの印に一杯おごってやるよ！　ここの酒はうまいからな！　そんで〝末裔〟サマにもよろしく言っといて！　出来たらオレの膝治してくれってお願いしてくれよー」って、買収目的なら随分安くないか？

まあ酒が出てくるってことは、成人女性に見えているんだな。よし、私は成人。立派なおとな！

ありがたく初めてのお酒をいただこうかとジョッキを口元に運んでみたが、あれ？

ちらっと荒くれさんが飲んでいるお酒と見比べてみる。一見同じお酒に見えるんだけど、なんだこれ、私のお酒だけなんかモヤモヤしているんだけど……。

「結構キツいんですねこれ」とか言いながら周りの人の持っているお酒も観察。

やっぱり私のだけモヤってる!? よーっく見ると紫っぽいモヤモヤがうっすら見えるんですけど!?

怪しいよね絶対……。

宿の主人を探すとどこかに消えている。おーい。逃げた?

「さあさあグイっと! 一緒に飲もうぜ仲良しの印だー! カンパーイ!」

とか言われても、無理だろ。薬か毒でも入っていそうな雰囲気がマンマンだぜ。

さてどうしよう。

「ちょっと多いから、お部屋で〝末裔〟さんと飲もうかなーあはは」と苦し紛れに言ってみた。

が、「なんだよー俺の酒が飲めないってのかよ!」とまあ想像通りの反応だよね。これはますます怪しいだろう。

本当にさてどうしよう。

とりあえずこのモヤモヤが嫌な感じだから、ちょっと手で扇《あお》いで吹き飛ばす感じに……パタパタ……お? 紫のモヤモヤが少し散ったぞ? これ湯気だったのか? だったらフーフーしたらもっと減るかな?

なんてフーフーしていたら、しばらく漂っていた紫のモヤがほとんど見えなくなった。なんだよかった。まあ周りの人たちからはおかしな人を見る目で見られたけどね。

まあほとんどモヤも飛んだっぽいので、一口だけ飲んでみる。飲まないと解放されなさそうだし。

「ゲホッ! ゴホッ! なにこれニガーイ!」と騒ぎ立てればもう飲まなくても文句は言われまい。

おごり主の荒くれさんは「もっと飲めばうまさがわかる！」とか言っていたけれど、誰が飲むかよ！　ここぞとばかりにイヤーンまずーいと騒いで周りを味方につける戦法だ。一口で十分。

作戦通り「かわいそうだろー無理強《じ》いするな」いただきましたー。

で、やっぱりなにか入っていたね。

一口しか飲んでいないのに凄い勢いで酔ってきたよ。おかしいよ絶対。あのモヤモヤを飛ばさずに飲んでいたら、もっとマズかったんじゃないかな。

下手すると動けなくなっていたんじゃ？

若い女が一人だと、やっぱりこういうことになるんだね。

「おーいダイジョウブカ？　チョットヤスムカ？」

って、棒読みのセリフが白々しいんだよおっさん。周りもあーあって感じで見てるし。

これモロに飲んで意識がなくなっていたら本当に危険な奴じゃん。もー。

「なんか気持ち悪いから帰りますー」と立ち上がったら、荒くれさんがギョッとした。立てると思わなかったんだね。大丈夫、普通に酔っている程度だから、まだ歩けるよ。

あのモヤ飛ばしておいて本当によかった！

それでもおっさんは、

「いやいやふらついてるよ～？　ちょっとヤスメバ～？」

としつこく食い下がってきたけれど、思ってもいないセリフは棒読みなんだよ、わかりやす過ぎなんだよ、もうちょっと上手く演じろよ！　拒否！

と歩き出したら、ちょうどその時〝末裔〟もといシャドウさんが現れた。

まあ、千里眼出来るからね、この人。きっと見てるだろうと思っていたけど、やっぱり見てたね、ナイスタイミング。

まあ正直その方が助かるわ。女の身としては。

さすがに旅の同行者の男が現れたらマズイと思ったのか、さっきまでしつこく絡んできていたおっさんも引いた。

というか、これは引くわ。

シャドウさんの周りに、見えないブリザードが吹き荒れている。目付きだけで「メチャクチャ怒ってます」を表現出来るって凄いな。

これでおっさんの膝は治らないことが確定しました。はい。

◆◆◆

「どうしてもダメなの～？　でもさあ、やっぱり世慣れてて旅慣れてもいるオレがいるとイロイロ便利だろぉ～？　ここだってオレのオススメの宿！　居心地満点！　安全安心！　ご飯もうまい！なあぁ～？」

今日泊まる宿の食堂で、私とシャドウさんに必死に訴えているのは、あの、私に一服盛ったおっさんである。

どうしてこうなった。

何故だかこのおっさん、あの後部屋にやってきて、用心棒に雇わないかと言い出した。

いやあこんな無防備なお嬢さんと目立つ〝末裔〟じゃあ、旅も大変でしょ？　とかどの口が言うんだ。

もう一度言う。こいつは！　私に！　一服盛ったのである！

なんでそんな提案を受けると思っているのかね？

と、いうことで当然お断りしたのだが、何故だかこいつはしつこいシツコイ。

あれから二週間、「気楽な二人旅」をしているはずが毎日こんな調子でまとわりついてくるのだ。

推定四十代、腰の大振りの剣を軽々振り回しそうな筋肉だらけのガタイ、ボサボサの白髪交じりの髪と髭が怪しいと言ったら即座に綺麗に整えてきた柔軟性？　そして二週間こちらの旅に自腹で付いてくる行動力と経済力。

ちなみに付きまとってひたすら説得してくるので、仕事らしいことはしていないのだこの人。

なんでこんなそこそこ余裕のありそうな人が「雇って」とか言ってくるのかね。オススメのこの宿、結構いいランクよ？　なんか下心ありそうで怖いよね!?

と思ってひたすらこのうるさいのに耐えて首を横に振っているわけだけれど、シャドウさんは喋らないから相手するのは私だし、さすがに朝から晩まで「いいだろぉ〜？」とか言われ続けると、うんざりしてくるというもの。

シャドウさーん、なんとかしてーと頼ろうとしてもシャドウさんは一貫して微笑みを浮かべた保護者ポジションから降りてこないのだ。

追い払ってよー。もー。

「だから、私はお金もありませんしね。あなた怪しいじゃあないですか。平気で一服盛るような信用出来ない人と一緒には行動出来ないって言ってますよね？」もう何度目だこの台詞。

「だーかーらー、それはすまんかったって言ってるだろー？　ちょっと具合が悪くなってもらって、それを介抱《かいほう》して恩を売ろうって思っただけだってー。なんかないとお話も出来ないでしょーがー」

「それにしては強力なお薬でしたよね？　あれ」

「えー大丈夫だよー意識なくなったらそれ以上飲めないんだからさー。死ぬような量はどうせ飲めないの！　だから死なないの！」

「いや意識なくすだけでも十分犯罪でしょうが！　なに言ってんのおっさん！」

「おっさんじゃなくて、カイロスさんでしょー。カ・イ・ロ・ス。名前で呼んでよー。ね？　腕は確かだよ！　負け知らずだよ！　盗賊もお任せ！」

　誰かー助けてー。

「だいたいオレが止めなきゃあんたたち、この町素通りしようとしてたじゃないか！　ここは朝出ないと夜までに隣の町まで着けないの知らなかっただろ。あのまま進んでいたら今頃野宿するはめになってたぜ？　はい盗賊さんこんにちはー。あ、こんばんはーか。そしてあんたたちは誘拐されて別々に売り飛ばされてたかもよ？」

う、まあそうかもね。とは思うけど。

「だからっておっさんがいたら、おっさんに誘拐されてもおかしくないよね？」

「えーオレ、雇用主には誠実よ？　じゃないと用心棒稼業なんて出来ねぇよ。そこは信用してもいいぜー」

　その信用がないんだろーがー。

「あ、じゃあこの膝治してくれたら一生恩に着る。一生なんでもお願い聞いちゃう！　用心棒もしてやるよ！　タダで！　裏切ったら両膝壊れる呪いをかけてもいいからさー、なんとかならない？〝末裔〟さんよーう。さすがにこの二週間歩き詰めで古傷が痛むんだよう。つれーわ」

この二週間の堂々巡りから、初めて話題がそれてターゲットがシャドウさんになった。はーやれやれ。

「おれ、一応魔力持ちだから！　便利だよ！　そんなオレが一生の忠誠を捧げるのよ！　お得だろ⁉」

え、魔力持ち、って、なに⁉

びっくり顔の私に気付いてまたおっさんの顔がこっちを向く。わざとらしくヒソヒソするおっさん。

「内緒にしてたんだけどさー。さすがに膝が限界なんだよ。もう虎の子の秘密も話すから、そろそろ話を決めようや」

いや、それ決めるのあんたじゃないから。

「おれ、先祖にお偉いさんがいて、先祖返りっていうの？　魔力で火が起こせるの。そよ風吹かせるくらいならそれなりにいるかもしんねえけどさ、火を出せるのって珍しいから、普段は隠してるんだよ。ばれたら王都に呼ばれちゃうかもしれねえだろ？」

え、なんで王都？

「ええ、それも知らないのかよ。強い魔力持ってる奴はみんな王都に呼ばれて、魔術師団に入らされて、たかーいお給料と引き換えに監視されるっての、みんな知ってるだろー。やだよオレそんな窮屈な生活ー。だから内緒にしてね」

へー。まりょくねー。そんなんあるのねー。……ちょっと見てみたかったりして。

「だからさー、そんな国民の憧れ魔術師団にも入れちゃうかもしれないオレが一生忠誠を尽くすからさー、この膝なんとかならない？」

目をキラキラさせてシャドウさんを見てる。

魔力なるものを見てみたい私もつい期待の目でシャドウさんを見つめた。

するとそんな私を一瞥して、シャドウさんはちょっと考えたあと、立ち上がった。手振りで着いてくるように言う。

「ありがとうございます！　ご主人！」

気の早いおっさん、もといカイロスさんが早くも、「着いていきます！　恩に着るぜ！」と叫んでいた。

え、そんなこと出来るの？　シャドウさん？　え？

◆◆◆

食堂から廊下に出る時に、シャドウさんは私の手を取った。

とたんに私の頭の中に映像が来る。ん？　なんだここ？　部屋？　客室……誰のかな？　と見回すと、見覚えのある上着が掛かっていた。

「あー、おっさんの部屋かー。え？　そこに行くの？」

シャドウさんが手振りで「行く」と言っている。

「は？　なになに？　なんか内緒話？　どうやってんの？　え、オレの部屋？」

興味津々なカイロスさん。

「おっさんの部屋に行くんだって。どこかしら？」

「はー？　オレの部屋？　なんもねぇよー？　いいの？」

と戸惑いつつも案内してもらう。

同行者じゃあないからね。私たちがここに泊まると決めたあと、おっさんはまた別に勝手に部屋を取っていた。

三人で小さな部屋に入ってドアを閉めた時に、「カチリ」と頭に音が鳴った。

「え、なに!?　結界!?」驚くおっさん。

あら、おっさん、気が付ける人なのね。魔力持ちだから？

どうもシャドウさん、宿に泊まる時はいつも部屋に結界らしきものを張っているみたいなのよね。私も気付いたのここ数日よ？　最初は全然わからなかったよ。

ここ数日で感じられるようになりました。はい。何故か？　え、知らないー。慣れ？

私が、おっさんのくせに思いの外清潔感あるのねなんて見回していたら、

「ここに座れってか」

シャドウさんの指示に素直に応じておっさんがベッドに座った。期待に目をキラキラさせている四十代。子供みたいだな。

と、その上半身をシャドウさんがとんと押して、倒れさせた。

「え、うそ、起き上がれねー！　天井しか見えねーよ！　なんだこれ！」

声だけが焦っているけれど体はピクリとも動かない。

そしておっさんの前に椅子を持ってきたシャドウさんは、そこに座った。

そして私を膝に座らせる。

は？

なにこの状況⁉

でもシャドウさんは、口元に指を立てて静かに、と指示するから必死で黙る。しょうがないから目で「なにごと⁉」と訴えるけど！

その間にもおっさんは、

「こえーよー！　なにされるんだよー！　見たいんだけどなー！　見たいなー！」

とうるさいうるさい。

「あんまり騒ぐとシャドウさん、気が変わるかもしれないですよ？」

と言ってみた。あ、黙った。ちょろい。

さてシャドウさん、軽くおっさんの左の膝に手を当てる。と、そのとたんに膝からモアッと黒い煙が上がった。

なにこれ？

びっくりしてよくよく見ると、黒い煙の周りにホコリみたいなのがふよふよ浮いている。

なんかわからないけれどよくないってことはわかるわー。嫌な感じがムンムンしているよ。

その煙とホコリはシャドウさんの手が離れても立ち上ったままだった。

するとシャドウさんからまた映像が来た。

膝に手をかざしている。そして……。

映像が終わると、私の手を取って膝の上の黒い煙に導く。

私がやれってこと？

目で聞くと、にっこりするシャドウさん。

わたし？　あなたじゃなくて⁉

まあ、私が出来なくてもその後シャドウさんがどうにかしてくれるとは思うけど。ええい、ままよ。

いや、ちょっと面白そうとか思ったのは黙っておこうか。

手をかざす。さっきの映像で感じたように、あの感じをこっちに流して……入れる？

うへえ、この煙冷たいな。嫌な感じだなー。

煙が私の入れた温かなものに抵抗する。おっさんの膝に根を張って、そこで踏ん張っている。

なにこの感じの悪い引き際の悪さ。

負けるもんかー退きなさいよ！　とこれまたこちらのエネルギー？　をごり押しで押し付ける。

と、徐々に押し負けた煙は少しずつ小さくなって、最後にはシュンッと音を立てて消えた。

おっさんが「うおっ⁉」と声を出す。

でもホコリが残っているのよねー。ふよふよふよ……。

なんか多いけど軽そうなホコリだったのでつい手でパタパタ扇いだら、あらちょっと吹き飛んだ。

おもしろーい。

シャドウさんが私の頭をナデナデしたあと、ホコリが発生している膝を撫でたら、とたんにホコリが消え去った。

「おお！　すげえ！　痛みがなくなった！　奇跡!!」

あのホコリは痛みだったのかしらん？　シャドウさん凄いね。

私がシャドウさんの膝から降りたあと、シャドウさんが両手でおっさんの両膝に触れる。

そして突然ブワッと黒い煙が両膝から立ち上った。

え、さっき消したのに!?

「あっ！　なにする！　また呪いかよ！　やめてよーもう呪いはこりごりなんだよー！　せっかく楽になったのにー！　酷い!!」

とたんにおっさんが騒ぎだした。

え、あの煙って呪いだったの!?

そしておっさんが飛び起きた。

「あれ？　痛くない。おー！　治った……？　でも呪いかけたよね？　びしばし感じたんだけどな!?　しかも片側じゃなくて両膝にやったろ！」

とうるさく騒ぐので、シャドウさんからの映像を解釈した内容を伝えることにした。

「おっさんが、裏切ったら両膝壊れる呪いをかけてもいいって言ったからその通りにしたみたいですよー」

「なんだそれ！　ちくしょー！　確かに言ったわオレ！　だからって本当にするなんて！」

とかなんとか一通り悪態をついたあと、それでもシャドウさんに「ありがとうございました。お陰ですっかり楽になりました。約束通り付いていきます！」とお礼？　を言っていた。

治したの全部シャドウさんがやったって、そりゃ思ってるよね。

そしてこっちを向く。

「それにしてもお前も凄いじゃないか！　〝末裔〟の言葉を理解出来るなんて。そんな能力あるならもっと早く言えよー」

なるほどそうきたか。アイコンタクトでなにが言いたいかわかったら、そりゃ凄いね。違うけど。

しっかしシャドウさん、呪いもかけられるのね。

元は半透明だったし、どうなっているんだろうこの人。

◆◆◆

「まあなんだ、約束通り、膝を一応治してくれたしな、一緒に付いていってやるよ。え？　要らない？　またまたー、オレ便利よ？　使えるよ？　それがタダ働きよ？　お得だろーが。まあ生活費は稼がせてもらわないとオマンマ食い上げだから、たまにはバイトさせてね！　で」

床にどっかりと座ったおっさん、もといカイロスさんは、一通り部屋で跳《と》んだり跳《は》ねたりして騒いだあと、私を椅子に、シャドウさんをベッドに座らせてまた勝手に話を始めた。

ちなみに椅子は一つしかなかったので、カイロスさんが「女性をベッドに座らせちゃーダメでしょーがイロイロと！」とか言ってこの配置になりました。

「腹を割って話そうや。一緒にいるんだから変な秘密はなしにしよーぜ」

って、どの口が言ってるんでしょうか。絶対この人信用出来ないよ。

なにしろしつこいようですが！

この人、初対面の私に一服盛ったんだからね！　そして二週間、魔力持ちとかいうのを隠していたからね。

この先もなにか出てくるよ絶対……そんな気がしてならないよ。

だいたいさっきもなんで呪いなんか膝にあったんだって聞いても誤魔化していたくせに！

まあ、「裏切ったら両膝破壊」の呪いはとてもいい保険になったよね。本気でこの人嫌がっていたからね。

とりあえずは私たちの不利になりそうなことは物理的に出来なくなりました。めでたい。

「で、最初に聞くけど、あんたたちの関係って、なんなの？」

へ？　見た通りですが。

「え？　旅のお供」

「いやいやだから、普通男女が一緒に旅をするってえと親子ーとか夫婦ーとか主人と部下ーとかあるでしょ。最初は〝末裔〟さんが主人でシエルがお供かと思ったんだけどさー、違うよね？」

ぎくーん。鋭いなおっさん。演技下手か私。

「だってよー、お前さん、全然従う気がねーじゃねーか。自由過ぎだろ。ホイホイ買い物行ったりするし。むしろ〝末裔〟さんがお前に振り回されてる感あるじゃねーか」

あれー？

「さっきオレの膝を治したんだって、お前さんが興味を示したから〝末裔〟さんが動いたんだよな？　お前さんがオレの魔力に興味がなかったら、今でも〝末裔〟さんはなーんにもしないでニコニコ食堂に座っていたと思うぜ」

あー、それは確かにそうかもねー。

旅をしていてわかったのは、シャドウさんは基本なにもしないで見守る保護者ポジションなのよ。私が「こうしたい」と言うと、そうしてくれる。でも、あーしろこーしろは全く言わない。よく言えば自由。悪く言えば放置。ええ、有り体に言えば放置です。

「それにお前さん自覚してるかどうか知らねぇけど、〝末裔〟さんのことをシャドウさんって呼んでるだろ。どっから来たんだその名前。シャドウって、影じゃねーか。……え、まさか本当に『影』なのか？　は？　え!?　じゃあ誰の『影』だよそいつ!?　あ！　だから喋んないのか！　ええ……」

おっさんが珍しく驚愕の表情になった。

おっとーバレてたー。まあ二週間ベッタリくっつかれていたもんね。どこかでボロが出たな。一応隠していたつもりだったんだけど。

「さあ～？　名前は気づいたら呼んでたから～。なにしろ記憶がとんとなくて～。影ってナニカナー？　シラナイナ～？」

「マタマタ～。名前だけ知っていて正体知らないとかナイデショ～。常識も知らなかったりするからまあ記憶喪失はちっとはわかるけどさ～。名前だけ？　そりゃないわ～。その名前、ダレカラ聞いたノカナ～？　本体ダレナノカナ～？」

狸と狐の化かし合いだよー。怖いよーえーん。

しょうがない。

「実は……最初の宿で目が覚めた時に覚えていたのは……誰かの声でシャドウと一緒に旅に出なさいシエルーっていう台詞だけで……本当になんにも知らないのよー」

しんみりと迫真の演技。これでどうだ。

「……で、顔は覚えてない、と……？」

うんうんうんうんうんうん。

「だんなさま」とのくだりはわからないことだらけでどこに地雷があるかもわからないから、迂闊《うかつ》に話せないよね。あとから後悔するくらいなら今、お口にチャックだ。

実際この二週間、あんな綺麗な銀髪にお目にかかることはなかった。みんな普通に茶とかグレーとか黒とかだった。

もしかしたら本物の〝末裔〟本体とかあり得る。

そうじゃなくても寝ていて無防備だからそっとしておいてあげたい。

見えないしっぽをブンブン振って嬉しそうだった「だんなさま」は、大事にしたいと思ったのだ。

「はあ～、しっかしこの〝末裔〟が影だったとはなー。全然わかんなかったわ。喋んない貴族とか普通にいるからな。後ろによっぽど力のある魔術師がいるぜえ、コレ。で、その影の向こうの本体に心当たりはないんだな？」

おっさんが珍しく渋い顔になっている。

「え、本体っているものなの？　必ず？」

「はあ？　普通そうだろーよ。そんなことも知らねえで連れ歩いてたのかよ。あっぶねえなあ。お前さんを監視しているかもしれないんだぜ。ていうか、普通それが目的だろうがよ。すっげえ力のある魔術師だったら見えるだけじゃなくて聞こえてもいるぞ。この会話も丸聞こえ。てか確実に聞こえてるだろ。じゃなきゃオレの膝治さねえよ。聞こえてなきゃ事情が見えねえんだから。お前さんを怖ーい輩が狙っているカモヨ～？」

なるほど。え、監視？　今見てるの？

目が合うとシャドウさんはニッコリと笑った。と、一瞬頭に映像が。

台座の上で、こんこんと眠る「だんなさま」。

寝てるじゃーん。すやすやだよー。全然起きそうにないよー。

というか、とうとう触れなくても映像が来るようになりましたね。なんかお互いどんどん慣れてきた感じがするね。便利だからいいけど。

最初はハグだったのに、最近はお手てを繋ぐだけで動画が来ていたもんね。

それに後ろにいるとしたらそれは「だんなさま」だ。怖くはない。むしろ身近に感じられて安心？

嬉しそうに幻の尻尾を振って「守る」と誓ってくれたあの人を疑わないよ。

「まあ……でもシャドウさん、凄くいい人だし、困ることはなにもないしむしろ助かっているし、いいんじゃないかなー。それにシャドウさんがいなきゃ私、文無しだdi。ひとりぼっちよりはずっと心強いよ」

「え、お前さん結構いい加減なんだな……。まあ膝治してくれたんだからオレも約束は守るけどよ。影の後ろに誰がいても、そんな理由で逃げたりはしねぇよ。ま、逃げたら膝がぶっ壊れるかもしんねぇしな！　ほんとこえーわ。試す気にもならねぇ」

おいおい。

「呪いがなかったら逃げる予定だったんですかね。で、あなたは一体、どこの誰なんですか？　今までなにしていたのかしら？」

一応こっちからも聞いてみよう。

「え？　オレ？　オレはずーっと用心棒稼業のさすらいのカイロスさんだよー。稼ぎながら流浪の旅さあ〜あっちに行ったりこっちに行ったり！　ついでに言うと、影だと知ってもやっぱりそこの〝末裔〟さまにゃ興味があるんだよ。このしつっこい呪いをあっさり解くってなにもんだよ。ぜひお近づきになりたい！　ぜひとも仲良くなりたい！　そしてやり方教えてくれ！　あ！　あとなにが出来るんだ？　それも教えてほしーな〜？」

こりゃなに聞いてもダメそうだなー。なにも教える気がないよ。本当に食えないおっさんだ。

そしてシャドウさんはというと、カイロスさんに熱い目で見つめられて、それはそれは嫌そうな顔になっていた。が。

結果的に私たちは三人旅になった。え？　もうなってた？

第二章

さて、そんなこんなな私たち、特に誰もなんの目的もなかったので、ある日のおっさんもといカイロスさんの、

「あ、こっからだと五日も行けば温泉あるよ～。オレ膝がずっと痛かったからよくお世話になったんだよね～」

の一言で、みんなで温泉に行くことになりました。

温泉！　素敵！　入りたい！

瞬時に食い付いた私の反応にシャドウさんはニッコリ頷いてくれたのです。はい決定～。

「え、オレの希望は聞いてくれないの？　オレの意見は？」

と言う人は放っておきます。

別にね、危害さえ加えなければ、別行動、つまりお別れしても膝は壊れないよ？　多分。と言ったんですよ。そういう呪いだし、シャドウさんもウンウン頷いていたし。

でも「いやいや～男の約束はね～？　守らなきゃね～？　どうせ一人で旅してもつまんないじゃん？　こうしてお話しながら歩くのも楽しーよねー！」

とか言って付いてきてるのはそっちなのでね。

私は自由にやらせてもらいますよ。

……まあ、確かにゴツい筋肉の塊のようなおっさんがいるだけで、ちょっと素行の悪そうな人が

避けていったりしているから助かってはいる。

それに、シャドウさんの見かけが目立つからって、髪の毛が見えなくなるようにフードを調達してきてくれたり、美味しいものを教えてくれたり、まあいろいろと……うん。

助かってるわ。自分で便利っていうだけあるわ。

ついでに世の中のことを教えてくれるのも地味に助かっている。大抵、「はあ？　そんなのも知らねーの!?」が頭に付くのがちょっと嫌だけど。

でも自分の知識が増えるのは楽しいし、おっさんのお陰でいい宿屋の見つけ方から買い物の値切りまで、いろいろ出来るようになりました。嬉しい。

野宿も経験したよ！　地面固かったけど、なんとかなったよ。

そしてそこで、おっさんもといカイロスさんの魔術も見せてもらったよ！

と言っても、ただつまむようにくっつけた親指と人さし指の先に、ポンって火が発生しただけなのだけど。

最初はマッチでも隠し持っているのかと思ったけれど、正真正銘なにもなかった。

でもこんなに詠唱《えいしょう》もなしに瞬時に火が出せるのはとっても珍しいらしい。

ちなみに私も真似してみたけどなにも起こらなかった。残念。簡単そうに見えてきっと難しいのだろう。


「で、これから行く温泉地ってのが、いわゆる【月の王の御用達】だったんだが、『月の王』が死んでから湯量が減って、今までずーっと寂れてたんだけどよ。最近になって突然湯量が戻ってきたってんで噂になってんだよ」

へえ、月の王ってなんだ？　銘菓《めいか》？　このおっさん基本ずーっと喋っているから適当に聞き流していたら、突然立ち止まって顔をガン見された。

「はあ⁉　『月の王』知らねぇの？　さすがにそれはこの国の人間じゃあねえだろ！　おかしいだろ！　なんでこの国歩いてんだ！」

え、なにそれみんな知ってる美味しいお菓子？　ポテチみたいなもん？

「王様だよ！　昔滅んだ！　言っちゃいけないあの人！　今大声だけど！」

大丈夫、周りは田舎のなーんにもない道だけだから。歩いているの私たちだけさー。のどかだね。

へえー、昔の王様は『月の王』っていうんだ。なんで月？

「ええ、考えたこともなかったよ。あれじゃね？　白いからじゃねーの？　昔っからそう呼ばれてんの！」

やだなー全身から呆れている雰囲気をにじみ出さないでくださいよー。

「もともとその温泉も『月の王』が見つけたっていう話で、王様が死んだら湯量が減ったから、きっと『月の王』の力で温泉が湧いてたんだなーって、思ってたんだよみんな。だけど最近突然湯量が増えただろ？　にわかにあれよ、『月の王』復活⁉　みたいな話が出始めてるわけ」

へえー。言っちゃいけない人の話がそんなになるってどんな事情なんでしょうねえ。人気者なのね。なんだかんだ言って。温泉一つで復活の話が出ちゃうくらいに。

そんな話が出ていたら、混んでいるんじゃないのかな。着いたのに宿がないとか、そんなの嫌だなー。と、思っていたけれど。

目的のその温泉地はそんなに大きくなくて、老舗の旅館が何軒か建ち並んでいる小さな町だった。国全体から見ると北の方の端っこだもんね。辺鄙《へんぴ》な所で知る人ぞ知るって感じだ。

だがそこかしこで白い湯煙が上がっているのが「温泉地」っぽくて風情がある。

地面がほんわか温かくて、地のエネルギーがゆらゆらと立ち上っているのが感じられて心地がよかった。

大きなエネルギーが流れていて、自然の雄大さを直《じか》に感じる。

「ここだとオススメの宿はあそこだな『火《ひ》の鳥亭《とりてい》』。一番新しくて大浴場も一番でかくて飯もうまい！　いいぞ〜」

とカイロスさんが奥に向かって進もうとしたけれど、ちょっと待って。

周りを見回すとエネルギーの流れが濃い所と薄い所があるのよ。奥はそんなに濃くない。まだら。濃いのは……。

「あそこ」

指をさす。あそこにエネルギーの噴出している口がある。大きな流れから漏れているというか。

「ああ、『龍《りゅう》の巣亭《すてい》』？　ここらじゃ一番の老舗だな。『月の王』がいた時代から続いてるってえ話だけど、古いぜえ？　女の子は今風でオシャレな方が好みかと思ってたよ」

おっさんは困惑顔で宿と私を見比べている。

だってどうせ入るなら、エネルギーが満ちている温泉に入りたいよね。なんか元気になれそうー。お得じゃない？

「なになに、どこが気に入ったの？　こういう渋好みだったの？　意外～」

おっさんはそんなことを言いながらも自分の好みはないらしく、その私の指した宿に行き先を変えた。

「こんちはー、空いてるかい？」って、おっさん、格式ありそうな宿に向かってなんでそんな軽い態度なのー。いつもながらハラハラするよ。

出てきたのは法被《はっぴ》姿の年配の上品なおじさまだった。

「いらっしゃいませ」

「何名様でいらっしゃいますか」

「三人だけど女性がいるから二部屋だな」

「かしこまりました。どうぞこちらへ」

お、お部屋確保。よかったー。さあお風呂だ。温泉だ～！

と、法被のおじさまがシャドウさんを見て、

「申し訳ございませんが、そちらの方、被り物はお取りになっていただけますでしょうか。規則でお顔を拝見させていただいております」

と言い出した。

シャドウさん目立つからね。出来るだけ顔が見えないように目深《まぶか》にフードを被っていたんだけれど、そう言われてしまうと反抗するのも気まずいよねえ……確かに不審者感があるもんねえ……。

微妙な空気が流れたあと、一拍おいてシャドウさんがフードを取る。

と、法被のおじさまが息を呑んだ音がした。

「……ありがとうございます。それではお部屋にご案内いたします」

まあびっくりするよね。〝末裔〟の名はここでも有名なんだね。

なんて呑気《のんき》に思っていたら、なんと通されたのは、なんだか大変に立派なお部屋だった。

え、いやあの、そんなにお金を使うつもりはないので普通の部屋でいいんですけど⁉　すっごい高そうなお部屋だよ⁉

と戸惑っていたら、法被のおじさま曰く、

「白き人がいらっしゃったら、こちらのお部屋をご用意せよというのが初代からの言い付けでございます。大変光栄なことでございます。お代も結構でございますので、どうぞごゆるりと、いつまでもおくつろぎくださいませ。お夕飯はお部屋でよろしいですか？　はい、では失礼いたします」

え、なにその特別待遇⁉　よくわからないけど、ありがとうシャドウさん！

カイロスのおっさんなんてヒューって口笛吹いてる。

「すっげえな！　初めて見たぜこんな部屋！　オレ何度も泊まってんのに！　知らなかった！」

旅馴れているはずのおっさんがびっくりしている。

普通の宿は一部屋なのに、ここは広めの部屋が三部屋、そしてあとから知ったけど、部屋に露天風呂が付いていた。

なんか普通より調度が高級よ⁉　壊さないようにしないと。気を付けよう。

「お前さんこのことを知ってたからここにしたのか？　って、そうだよなあ、お前なんにも知らないもんなあ」

全力で首を横に振っていたが、後半は要らないでしょうよ。一言多いんだよ。事実だけど。

「まあ、ここは『月の王』ゆかりの場所だからなー。〝末裔〟には優遇があるってことかな。へえ。でも金も取らないって、太っ腹だなー。すげえな」

しみじみ凄いな『月の王』人気。

「ま、こんだけ部屋数があれば別に部屋取る必要もねえしな。オレはどの部屋使おっかなー。今までは閉め出されてたけどいいよな？　あ、なんならシエル、一緒に寝るか？　じっくりあっためてやるぞお……って、いてえ‼」

突然おっさんが膝を抱えて転がった。膝からもうもうと黒い煙が上がっている。

おお！　呪いが発動している！

「やめてーやめて！　ウソです！　冗談です！　ホンの出来心で……あ、違う！　ウソです！　いってえぇぇ！」

呪いが消えた時、おっさんは脂汗を垂らして肩で息をしていた。

「こえぇ……この呪いこえぇ……握り潰されるかと思った……」

その時私は見た。シャドウさんがいつもの微笑みとは違う、黒い笑みを浮かべていたのを……。

えーと、シャドウさん、初めて見たよそのお顔。そんな顔もするんだね……。

◆◆◆

「まあいいや、なんとかオレの膝は助かったみたいだし、一息ついたらオレ、大浴場行ってくるわ。この膝労《いたわ》ってやんないと。まだ痛みの余韻が残ってるよ〜ひどいよ〜」

とおっさんは恨めしそうにシャドウさんを見ているけれど、シャドウさんはしれっと視線を明後日に向けていた。

「じゃあ私はお部屋のお風呂に入ろうかな！　露天風呂いいよね～気持ちよさそう！」

「おい、待て。ずっと思ってたんだがな、いっつもいっつもオレはダメでその影はいいってどんな理屈だよ。シャドウも男だろ！　後ろにいるヤツもどうせ男だぞ！　そいつはいてもいいのかよ！　なんでいっつもオレだけ部屋、別なの!?　風呂だって覗けちゃうのにお前なんでここの部屋のに入るの!?　男なら絶対覗くよ!?　もちろんオレだっ、て、いってえぇ！」

呪い再発動。

なんだどうしたおっさん。

シャドウさんとは最初から一緒だったし、もともと半透明で人間味が少ないし、普段の用事がない時はお部屋で静かに座って眠っているんだから、危機感なんてないよ。

そんなアグレッシブなシャドウさん、むしろ見てみたいくらいよ？

あ、そうかおっさんは普段の部屋でのシャドウさんを知らないのか。

「シャドウさんは大丈夫よ？　ほらもう座ってうつらうつらしているから。話しかければ起きるけど、普段はお部屋では大抵寝ているんだよね。覗くなんてナイナイ」

それに見ようと思えばなんでも見えちゃうしね、この人。もう今さらですわ。千里眼万歳。

「へえ？　そうなの？　へえー。じゃあその影が寝ている時は例えばお前さんとイチャイチャしててもわからな、って、いてえぇ！　寝ててもダメか！　くっそー！」

懲《こ》りないな、おっさん。呪いはもうかかっているんだから自動発動に決まってるでしょうが。そろそろ学習すればいいのに。

おっさん初めての同室ではしゃぎ過ぎだよ。

でもその呪いがあるから同室なだけで、それがなかったらもちろん別室なんだから、呪いのお陰でこんな高級な部屋に泊まれたと思って……ないんだろうな。はあ。

もう放っておこう。


ぶつぶつ文句を言いながらも大浴場におっさんが向かったあと、私は部屋に付いていた露天風呂に入ることにした。

いやあ〜お風呂！　嬉しいね！　なにしろ普段はお風呂も有料で用意してもらわないといけないから、なかなかしょっちゅう入るわけにもいかないからね。

ここならいつでも入り放題。素晴らしい〜。しかも源泉かけ流し！

そんなに大きくない露天風呂の周りはほどよく植栽が目隠しをしていて、お部屋との間もちゃんと衝立が立てられるから、お風呂に浸かると自分と緑と空だけの世界になった。

ひんやりとした空気と温かいお湯が極楽ですよ。はあ〜。

お湯は濃密な透明のお湯で、先ほど外で感じた地下からのエネルギーを乗せて私を包む。

よくよくお湯の表面を見てみると、あふれ出たらしいエネルギーがキラキラと躍っていた。

じわじわと湧き出るエネルギーは揺らぎながらも尽きないで静かに空間へ溶けていく。

のんびり湯に浸かりながらなんとなくこのエネルギーを遡《さかのぼ》ってみた。どこから来てるのかなー。

エネルギーは北の山脈の地下から湧き出していた。

そこから緩やかにカーブを描きながらこの地を通って、ゆっくり渦を巻きながら国中を巡ってい
る……のかな。
あんまり遠くまでは追いきれなかったけど。
巨大なエネルギーがこの国の地下をゆっくり流れているのが感じられた。
たまに漏れ出すように細くエネルギーが地表に吹き出していて、そのうちの一つがこの旅館の下
にあった。
と、いうかこの露天風呂が出口の一部と重なっている。凄い。最高のお風呂じゃない!?
あ、でも、ちょっと待って？　近くになにかある。
エネルギーの流れに逆らうようななにか……太い太い流れの表面のほんの一部だけど、なにか邪
魔なものが刺さっている。
トゲみたいな……なんだろうこれ。嫌な感じ。
これがあるせいで、ここの出口が歪んでいるみたいだ。エネルギーがちょっと弱々しく揺らいで
いるのはこれのせいか……ふうん？

抜いちゃう？　このトゲ抜いちゃおうか？

なんとなくトゲを抜くイメージでスポッと……え、固い……えー悔しいなあ。スポッと……ふ
んっ。
イメージの中の手に渾身の力を入れて引っ張ってみた。お、なんとか抜けたー。やったー！

すっきり～。

トゲはポイっとしてエネルギーの流れを観察すると、邪魔がなくなった道の表面を、エネルギーが生き返ったように勢いよく流れはじめた。

おおー力強い！　そうそうこれが本来の姿でしょう。いいねえ、気持ちいい～。

そうこうしているうちに、このお風呂からも勢いよくエネルギーが上に向かって流れはじめた。

さっきは水面を漂っていたキラキラの粒子がこんこんと湧き出ては上へ上へと上がっていく。

綺麗だねぇ～。極楽極楽～。


旅館のご飯もなかなかに豪華で、これも料金要らないのはちょっと気が引けるという話になった時のこと。

「それがなあ、どうやら本当に受け取らねえみたいなんだよなあ。オレもさすがにおかしーだろうと思って探りを入れてみたんだけどよ、どうやら本当にその『白き人』からは金を取らないってなってるらしいんだよな……」

って、探りって……おっさん行動早いな。どうやったんだろう？

それはいわゆる〝末裔〟だから客寄せパンダになるとかそういうこと？　と思ったら。

「それがどうやら〝末裔〟って呼び名が出来る前からここの人たちは〝尊き白き人〟って呼んでいて、で、その白き人がこの部屋に泊まると商売繁盛間違いなし！　って信じてるんだよな。言い伝えってての？　オレが同行者だって知ってるから、なんかお供《そな》え？　した方がいいかとか、必要なもんはないかとか、いつまでいてくれるんだとか、逆にいろいろ聞かれちまうくらいでさあ……オレそんな話初めて聞いたよー」

まさに困惑という顔でおっさんが教えてくれた。

へえー。縁起物な感じ？　しかしお供えって、神様扱いか。

まあシャドウさんが泊まって喜ばれるならいいことだけど、これ商売が繁盛しなくても私たちに責任はないよね？

ないよね!?

ちょっと心配になってシャドウさんを見てみたら、シャドウさんは我関せずという風でこっくりこっくりと舟を漕《こ》いでいた。おーい。

「これは、ご利益《りやく》がないってわかる前に退散した方がいいのかな……ここのお風呂超好きなんだけどな……」

と私が弱気になっているのにこのおっさんは、

「はあ？　なにいってんのー。前例なんて下手すると何百年もないんだから、効果が出るのはゆっくりじっくり何年もかかるんですよーって言っときゃいいんだよー。こんな役得しゃぶりつくしてなんぼだろ！　そんでそのうち商売が上向いた時には白き人が来たお陰って勝手になるんだから大丈夫だよ。世の中そんなもんよ」

とか言ってニヤニヤしていた。

うわあ悪い人がいるー。

でも、まあ、だったらしばらくお風呂三昧な日々を送ってもいいかしら!?　いいよね？

◆◆◆

宿の人たちもいい人たちばかりで過ごしやすいし、なにしろ部屋のお風呂が快適過ぎて、しょっちゅう入っている間にあっという間に数日過ぎた頃。

なにやらロビーが騒がしくなった。

「これはこれは『火の鳥亭』さん、何事でしょうか」

こそこそ覗いてみると、チンピラ風の男たちが五人くらいでがなりたてている。

「何事じゃあないんだよ！　ふざけんじゃねえぞ！　営業妨害しやがって！　責任者出てこいやあ!!」

ガシャーン！

って、器物破損、怖ーい。絶対出ていかないぞ。

と思っているのに、隣で同じように覗いていたおっさんがずずいとチンピラたちの前に出ていった。

「なんだテメー関係ねえだろ！　引っ込んでろ！」

チンピラたちは複数なのもあってかカイロスさんに全く怯《ひる》まない。

「いやーそれが関係あるんだよねえ、オレ今ここの用心棒してるからさあ。ここでお宅たちに暴れてもらっちゃあ困るんだよね～」

え、そうなの!?

まあ。なんだ。どうやらこの騒動、まとめると、突然『火の鳥亭』の温泉が湧かなくなったらしい。どうやら営業が危うくなるほどの量しか出ないとか。で、お湯の性質がなんたらかんたら。それがなんで『龍の巣亭』のせいになるのかわからないけど、どうも同時期に『龍の巣亭』の湯量が増えたから、お湯を盗んだだろうという話らしい。

え、なに、そんなこと可能なの!?

「なんだそれ、そんなこと出来るかよ。アッチとコッチ、どれだけ距離があると思ってんだ。しかも温泉なんて地下流れてるもんじゃねーか。言いがかりも甚《はなは》だしいな。壊したもんさっさと弁償して帰れ」

おっさんも呆れ顔だ。

『龍の巣亭』の人たちも首がもげるほど頷いている。

「はあ？　とぼけやがって！」

逆上したチンピラたちがなにやら武器を振り上げて襲いかかってきたけれど、なんとカイロスさんはニヤニヤしながらチンピラたちをあっという間にのしてしまったのだった。

ええ……強い……。

「いやあここに来た時にさ、やたら〝白き人〟を歓迎してるからさあ、こんな目立つ縁起のいい人来たら妬まれちゃうかもよ？　因縁つけられてなにかされるかもしれねえから、用心棒に雇わない？　っつって、用心棒契約してたのよ。これが結構いい金になるんだわ。へっへっへ」

って、おっさんタダで泊めてもらうどころか金まで要求してたのか！　どこまで図々しいんだこの人！

「まあまあ、早速役に立ったわけだし、いいだろ〜？　それよりオレ強かっただろ？　見直しちゃった？　カッコいい〜ってなっちゃった？　なるよね？」

はいはい。これがなければ一見渋いおじさまに見えなくもないのに残念ですなあ。

とか言いながら私たちは先ほどの問題児たちの派遣元、『火の鳥亭』に向かっていた。この宿は他の宿たちからは少し離れた所にポツンと建っている。

「『火の鳥亭』はちょっと離れてはいるけどさ、昔から、つっても建ったのがだいたい百年前で一番ここらでは新しいんだが、魔力の上がりが大きくて、魔術師たちに人気の温泉宿なんだよ。オレも何回かお世話になってる。そーかー出なくなったのかー」

へー。そんな効能もあるんだねえ。

「ほら、あそこだ。『火の鳥亭』」

ふーん、なかなか立派で……禍禍《まがまが》しいよ？　え？

建物全体に魔術がかかってない？　なんかすっごくモヤッているよ？

「なにあれ……」

「一番新しいから、いろいろ意匠が華やかだろ？　中も広々ゴテゴテしていて綺麗だぜぇ」

「いや、綺麗というよりはドギツイ感じでしょー。しかもここ、もともとは温泉出ないと思うよ？むしろなんで最近まで出てたんだろう？」

首をひねる私をおっさんがびっくりして凝視する。

「なんでそんなことわかんだよ。温泉がどこで出るかわかったら誰も苦労しねーだろーが」

「え、だって、他の温泉宿の位置見てよ。『龍の巣亭』を中心に向こうから左手前に向かって宿が建っているってことは、その下に源泉の流れがあるんだよね？　そしてこの『火の鳥亭』は完全にその流れからは外れているじゃない？」

そして他の宿の建っている位置は地下の大きなエネルギーの流れとも一致している。

だけど、この『火の鳥亭』の下にはその流れがないのよ。

「はあ？　まあ確かにな……。でも本当に最近までは出てたんだろ？　オレも入ったことあるからウソじゃねーぞ」

「そうだねーなんでだろうね」

「そもそもこの『火の鳥亭』は百年前の高名な魔術師が監修して造ったって言われてんだ。『龍の巣亭』を『月の王』が作ったって言われてるから、それの真似したんだろうな。で、実際温泉入ると魔力が上がるから、さすが魔術師の作った宿っつって今まで重宝されてたんだよ。なにしろ他の宿のパワーが落ちてたからな」

魔術師……なるほど。

「だから建物に魔術がかかっているんだね。なんの魔術かは知らないけれど」

「は？　え？　お前さんそんなことわかんの？　この距離で!?」

「え、おっさんわかんないの？　そういうもん？」

「ええー……お前たまにびっくりすること言うよな。知らないって怖い。普通魔術なんて、見てわかるわけねーだろ」

へえー。なにしろなにが普通か知らないもんな。

その時ふと思い出した。

あのトゲ……地下の大きなエネルギーの流れに刺さっていたトゲ、あれはここにあったのではないのかと。

あのトゲのせいでその周りのエネルギーの流れが変わっていた。そしてそのせいで発生した渦が周りの流れを阻害していたのだ。

もしかしたら百年前のその魔術師が、ここにエネルギーを持ってくるために刺したトゲ？　魔術？　だったのかもしれない。


はっはっは。抜いちゃったよ。そしてポイしちゃったよ。


ヤバい、この騒動、原因私だ。黙っとこうっと……。

「まあ、自然は時になにするかわからないよね。ははっ」

自然な笑顔に出来ていただろうか……。

とりあえず、おっさんには部屋の露天風呂をオススメすることにした。ずっと私専用じゃあ申し訳ないし、あそこなら確実に魔力も上がることだろう。

後日、本当におっさんが、すげえ！　魔力が満たされるー！　なんだここ！　と感激していたから、めでたしめでたし……多分。きっと。


その後も私たちはしばらく『龍の巣亭』にお世話になった。

おっさんが用心棒契約していたから、しばらくは『火の鳥亭』のお礼参りを警戒する必要もあったしね。だけどどうやら『火の鳥亭』は証拠もないのに因縁をつけるような余裕はなくなったらしく、こちらの平和は保たれていた。

それに温泉とも離れがたい。

部屋の露天風呂にはおっさんと一日交代で入りまくった。

この部屋はもったいなくも普段は閉鎖されているらしく、私たちの滞在のコストは基本ほぼ食費のみらしいと聞いてますます増長したのもある。

だけど。

だんだん全容がわかってくるにつれ、ちょっと周りの目が気になるようになってきた。

曰く、『火の鳥亭』の温泉が突然出なくなった。

曰く、それと同時に他の温泉宿全体の湯量が増えて、何故か魔力の上がり方、つまり効能も強くなった。

曰く、地域の植物や動物や人間たちも妙に元気になった。病気の人が治ったりもしたらしい。

そしてその効果が一番大きかったのはどうやら『龍の巣亭』だったようだ。

まあ、地下のエネルギーの勢いが増したから漏れ出てくるエネルギーも増えたわけでそんな結果もわかるんだけど、それが〝末裔〟がやってきたからだってことになってくるものだから、私たちは行く先々でお礼を言われたり拝まれたりヒソヒソされたりするようになったのだ。

「でもさあ、あの影なんかしてたか？　オレぁ見てねーぞ？　ずっと寝てたろあいつ」

と言っておっさんはひたすら首を傾げているけれど、私はドキドキだ。

『火の鳥亭』を作った魔術師がなにをしたかは知られない方がいいと思うのよね。その人、結構有名な魔術師だったみたいだし、その魔術師ゆかりの地として来る観光客もいるみたいだし。

世の中知らない方がいいこともあると思うのよ。ね？

決してバレると面倒くさそうとかいうだけではなくて！

ね!?

現に、

「それよりシエルちゃんよー、魔術が見えるってことは他にもなにか見えるんじゃないのー？　実はナニがミエテルノカナー？」

と、あれからおっさんがしつっこいのだ。

それはそれはびっくりの食いつきっぷり。

「え、ナンニモ～？」で通してるけど、多分地下のエネルギーとか言い出したら、もっと面倒くさいことになりそうな気がするのよ。


私は気楽に楽しく旅が出来ればいいのだ！


せっかく「だんなさま」がシャドウさんを付けてくれてお金の心配もなく、「だんなさま」公認で旅をしていいなら、楽しく行きたいよね？

どうせ放置プレイなんだから、好きに気ままにしたいじゃない？

「……じゃあこの膝の呪いも見えるのか？　もしかして」

「あー、発動すると黒い煙が見えるよー」

「まじか！　煙なんだ！　妙に納得するなそれ！　で、それ消せない？」

「えーデキナーイ」

もし出来てもやらないよね。大体シャドウさんの方がはるかに魔力が高いだろうから無理だねきっと。出来る気がしないよ。

する気もないけどな。

まあそんなこんなで、『龍の巣亭』の中では快適なんだけど、一歩外に出ると人目が気になるようになってしまったので、三人で話し合って、そろそろまた旅に出ることにした。

さて、どこに行こう？

「んーそうだなー。……ちょっと遠いけど、シュターフに行ってみるか？　そっちにも温泉あるぞ。しかも王都にも近いから珍しいものがわんさかあって楽しいぞー。ついでにオレの仲いい知り合いがいるから、フカフカベッドと美味しいご飯もお約束！」

ほーそれはいいかもーと、シャドウさんを見てみたら、あれ、なんかジトーっとカイロスのおっさんを睨《にら》んでいる。なんだなんだ？

「シャドウさんが反対する所には行かないよ。シャドウさんは私の保護者だからね」

「えー？　なんでオレ〝末裔〟に睨まれてんの⁉」

さあ？　なんか下心でもあるのでは？

「えー、なんにもナイヨー。他に行きたい所があればそっちでもいいんだぜー？　〝末裔〟さんは嫌なの？　シュターフ」

あ、シャドウさんの眉間にシワが……悩んでる？

「じゃあ嫌じゃないんなら、とりあえず出発してさ！　行きたいとこが出来たらそっちに変えればいいんじゃねえの？　オレもそろそろ体がなまってきてるからさあ、とりあえず移動しようぜー？」

まあ他に行きたい所といってもなにも知らないから特にないんだよね。王都に近いのは魅力かも。

私の考えを読み取ったのか、シャドウさんは渋々といった感じで立ち上がったあと、突然私を後ろから抱き締めたのだった。

はい？　どうしたどうした？

シャドウさんは私をぎゅーっと抱き締めたまま、どうやらカイロスのおっさんを睨んでいるらしい。

シャドウさんは「だんなさま」に似ているから、「だんなさま」に抱き締められている感じってこんな感じかなあなんて、思ってしまって……ちょっと恥ずかしくなったのは内緒にしよう……。

「なんだなんだ、なんでだ!?　それセクハラじゃねえの？　なんでお前拒否しねえんだよ。影がやってるってことは、後ろの誰かさんがやってるんだぞ、いいのかそれ!?」

いいですー。全然嬉しいですー。見えない尻尾をブンブン振っているだんなさまは好きだからいいんですー。

とりあえず、しばらく私を抱き締めながらおっさんを睨んでいたシャドウさんはそれで気が済んだらしく、私たちはシュターフなる所へ向けて出発したのだった。

第三章

まあね、もともと仲良しだったわけではないんですよ。私たち。特におっさんはね。

だけど私としては確かにこのカイロスのおっさんはなにかと物知りで本人が言うように便利だからまあいいか、って最近はなっているし、そのカイロスのおっさんも男の約束なんてのは建前で、たぶん〝末裔〟という存在に興味があって付いてきているんだと思うのよ。最初っから興味津々な態度を欠片《かけら》も隠していないからね。

お互い様なわけよ。利害の一致。

でもさ。

せっかくなんだから、表面上だけでも仲良くしようよー。

何故か『龍の巣亭』を出てからというもの、シャドウさんが前にも増して私にベッタリ貼り付いていて、おっさんが近寄ると膝の呪いを強制発動させるのはどうしたことか。

お陰で常に喋っている感の強いおっさんはその勢いそのままに、内容が全部愚痴になっていてうるさいうるさい。

「おいーシャーさんそりゃねえだろうよー俺がなにしたってんだよーいっつもオレちゃんと紳士的にしてるじゃねーか！　なんでお前ばっかりイチャイチャしてるんだよ！　オレにもさせろ！　なに手とか繋いじゃってんの!?　そうそう手を離してだな、って！　腰を抱くんじゃねえよ！　なにやってんだよ昼間っから！　お前影のくせに！　実態隠したまんまでズルいだろ！　スケベ！　イケメンの影で惑わすんじゃねえ！」

煽るシャドウさんと騒ぐおっさん。

自由に行動出来ないストレスが相当堪えているみたいです。はい。

「お前もお前だ！　そいつ相当力がある魔術師だって言ってんだろ！　そんな力が若いうちに付くわきゃねえんだから、影の見かけがイケメンでも、その後ろにいる奴はヨボヨボのシワシワなジジイだぞ！　おい！　聞いてんのかよ！」

一メートル範囲の見えない檻の周りでキャンキャン吠える犬みたいになってます。

いやいや、実物もイケメンですし？　むしろもっと美しいですし？　絶対言わないけど「だんなさま」ですし？

そしてなによりフードからチラッと見える表情は、本物の「だんなさま」と同じようにやにさがってそれはそれは嬉しそうですから。見えない尻尾もブンブン振りまくりですから。

そんなに嬉しそうにしてくれちゃうと、まあ私もほだされてしまうわけですよ。だんなさま、いいわこの人……。ずっと見ていたい。

なのでうるさい駄犬は放っておいて、ラブラブ手繋ぎして歩いていたら。

「へえー、面白いグループだね。こんにちはー」なんて、珍しく旅人らしいグループに声をかけられた。

「こんにちはー。あっちの町から来たんですか？　私たち今から行くんですけど、大きい所みたいですねえ。宿とかどこがよかったですかー？」

なんて世間話ついでにニッコリと愛想を振ってみる。なにしろ私は今ご機嫌です。

でも旅人さんたちはちょっと気まずそうに、

「あー……、あの町、今ちょっと大変みたいなんだよね。なんか天候がずっと悪いみたいでさ……あんまり長居はしない方がいいかも。オレたちも早めに出てきたんだ」

なんてゴニョゴニョ言っている。

なんだなんだ？

結局夕方にその町タルクに入った私たちは、小綺麗な宿屋を見つけてそこに宿をとった。不穏な話はあったけれど、宿があるのに野宿は嫌です。

入って感じたけれど、確かに活気がない？　かな？

原因は宿の食堂でおっさんが聞きまわってくれたので、まとめると「長雨で農作物やら建物やらに被害が出ていて病気も流行りはじめている」ということらしかった。

そういえばさっきも小雨が降っていた。降りが弱くなったのも久しぶりらしい。

ああー、確かに湿気はよくないよねえ。

「なんか町の時計台なんかも湿気で機械が動かないみたいだし、相当だな。洗濯しても乾かないから清潔な布がなくなって、医者も困っているらしい。消毒するにも限度があるし、流行り病とかもそろそろ対策しないと増えるぞこりゃ……」

珍しくおっさんも真面目に考え込んでいる。

雨かあ……。降らないのも困るけど、降り過ぎもねえ。

私は肉を咀嚼《そしゃく》しながら意識を空へ向けてみた。

頭上を雨雲が分厚く覆っている。

どこまで広がっているかというと……あんまり広範囲ではないけれど、この町はすっぽり入っているのねえ。

と、思った時、肩をポンと叩かれた。

びっくりして振り向くとシャドウさんが立っている。

あれ、部屋で寝てたんじゃないの⁉　影なせいか、この人はご飯は普段は食べなくてもいいみたいなので最近はお部屋で待機する人だったのに。

「おわっ⁉　いつの間に来たんだよ！　びっくりした！」と、おっさんも目が点になっている。

シャドウさんはジェスチャーで「食べろ」と言ったあと、私が食べ終わって部屋に戻るまで付き添っていた。

なんで突然過保護になったの⁉　おっさんがまた警戒していたよ？

部屋に戻って私が寝支度をしていたら、シャドウさんは私を呼んで、そして手を繋いで映像を送ってきた。

宿の、この町の上に広がる雨雲。さっき私が見たやつだ。と、思ったら、そこからもっと視点が上昇して、ぐんぐん町から離れて……あ、『龍の巣亭』がある。そこから吹き出したエネルギーが上空まで上がっているのが見えた。

キラキラしながら噴水のように上がっていくエネルギーはとてもキレイだなーなんて見ていたら、あれ、その流れが淀んで溜まっている所がいくつかあった。

……いち、にい、さん……三ケ所。

そのうちの一つがこの町の上だった。

エネルギーが淀んで雨雲を抱え込んでいる。そしてその雨雲が……増えている？

え、じゃあこの長雨、『龍の巣亭』から出たエネルギーが溜まっているから降ってるの？　え？

じゃあ、つまりは元は私のせい!?

さあっと血の気が引く。

思わず我に返ったとたんにシャドウさんの顔が目に入った。あれ？　瞳がいつものグレーから銀色になっている!?　……と、思ったら徐々にまたグレーに変わった。

目をパチクリしていたら、シャドウさんはちょっと困った顔をしたあと、また別の映像を見せてくれた。

さっきの食堂の場面だ。私がご飯を食べながら宙を見つめていると、なんと私の瞳が銀色に変わった。

え!?　こんなんなったの!?　さっき？

多分、上空の雲を見ていた時だろう。そしてシャドウさんに肩を叩かれたあとに黒に戻っていった。

もしかして、シャドウさんは銀色になった私の瞳を隠すために来てくれたのかな。

さっきはどうやらカイロスのおっさんはご飯を食べていて気付かなかったみたいだけれど、これ、見られていたらおっさんに大騒ぎされていたかもしれない。

うわー危なかった！

と、いうことは軽々しく人前であういうことはしない方がいいのね？　と目でシャドウさんに聞くと、シャドウさんはおごそかに頷いた。

なるほど。だから部屋で見せてくれたのか。

だけど、見えたからといって、この、元はと言えば私のせいなこの事態、どうすればいいのかしら……と、思ったら。

シャドウさんがニッコリしてまた映像を、って、なんで私の考えていることがわかったのかしら!?　あ！　手を繋いでいるから!?　えっ!?

あたふた焦っているのに、ガッチリ掴まれた両手からシャドウさん発の映像は強制的に流れてくる。

『龍の巣亭』から流れたエネルギーの溜まっている場所が見える。なんでエネルギーが溜まっているかというと……なにか魔術らしきものが塞《せ》き止めている。

これは、きっとあれだな。

百年前にエネルギーの流れが変わって、この場所に流れてくるエネルギーが不足したんだな。で、多分、それを補うために当時の魔術師が、ここにエネルギーを塞き止めるダムを作った。

お陰でこの町は衰退しなくて済んだのだろう。

当時の魔術師の思念が薄く残っている。

うっすらと読めるのは……渇水《かっすい》？

エネルギーが不足して水が足りなくなったのかな。

で、今またエネルギーの流れがダムの必要のなかった昔の状態に戻ったから、エネルギーが溜まり過ぎてしまっているのか。

どうやら三ヶ所全て同じ事情らしい。じゃあどうすればいいかは、自明だね。

でも、ダムだよー。硬い壁なんだよー。大きいんだよー……。

チラッとシャドウさんを見てみるけれど、彼はしれっと微笑んでいるだけで、手を貸す素振りはない。私にやれと？

ニッコリ。

はい、やれってことですね。

諦めて頑張りますか。これは今晩徹夜かな？　徹夜しても出来るのかな？　でも逃げられる雰囲気じゃあないよね、コレ。ええい、ままよ。

覚悟を決めた時、シャドウさんが、やり方だけは映像で教えてくれた。わかってるならやってくれてもいいのにーブツブツ。

カチリカチリと部屋の結界が重ねがけされる音がした。

シャドウさんはそっち担当ですかそうですか。

で、私が実行部隊なのね。働けと。はい。

自分で蒔いた種は自分で刈り取らせていただきますよ全力でっ。

教えてもらった通り、意識をぐんぐん上昇させた。

町が見える。雲が見える。『龍の巣亭』から流れて溜まった淀みが見える。それでももっともっと意識を広げていく。

握られた手からシャドウさんの視界が伝わってくるけれど、そんなことはお構いなく最大限に意識を広げていくと、この国の上空をエネルギーが縦横無尽に流れているのが見えた。

広い。そして、力強い！

気持ちよくなってそのままそこに溶け込もうとしたその時、突然「だんなさま」のキラキラしいお姿が目の前に立ちはだかって我に返った。

おっとー。

目の前のシャドウさんが怖い顔をして首を横に振っている。

やり過ぎたか……。ついつい気持ちよくてどこまでも行こうとしてたわー。

我に返ったと同時に思い出すのは送られてきていたシャドウさんの視界。

普段の私の黒い目と黒い髪が銀色に変化して、凄い勢いで周りを風が吹いていた。

目を見開いたまま空を見つめて、「だんなさま」本体と同じ銀色で全体が発光している自分、ちょっと異様だ。

なにこれ。こんなんなってたの!?　全く自覚なかったよ！

びっくりして目をパチクリしていたら、シャドウさんから上昇するのはここまで！　とでも言いたげな映像が来た。

ちょっと、めっ！　という感じのニュアンスが込められている。そんなニュアンスも伝えられるんだね。器用だね、シャドウさん。

さて、怒られてしまったので、今度はおとなしく指示された高さまで慎重に意識を上昇させた。

この町を含む淀みを見下ろす。ダムは……あそこか。

ちょっと手で押してみたけれどもびくともしない。しょうがないのでちょっと考えて、もう少し意識を大きくしてみる。相対的にダムが小さくなった。

よいしょ。押す。おっ、ちょっとぐらついた。

よし、このまま力ずくで押す！　あっちから、こっちから、時には揺すって。

いろいろ奮闘していると、少しずつ緩んできたダムの壁が、ある時突然崩壊して、そしてシュンッと消えた。淀みが流れ出す。おおー、やったー。

だけど、結構大変だったよ!?　これあと二回やるの!?　と、うんざりしていたら、またシャドウさんから指導が入った。

次のやり方は、あのおっさんの最初の膝の呪いを消した時と同じやり方だった。

おお、忘れてたよアレ。

私は次の淀みの上空まで意識を伸ばすと、今度は押すのではなく、手のひらからダムに向かってエネルギーを送り込んだ。

温かなエネルギーのイメージを頭に描いて、手のひらからダムの壁に押し付ける。

するとエネルギーはダムの壁に吸い込まれ、一杯になって、しばらくはパンパンになりながらも耐えていたけれど、最後にはパンッと壁が弾けて消え失せた。

なるほどなるほど。さっきよりは効率がいいね。

これなら三つ目も行けそう。

そしてすぐさま三つ目に取り掛かった。

一度やったからちょっと慣れた。

よし。エネルギー注入の速度を上げちゃおう。

調子に乗るのは私のいい所なのか悪い所なのか。

こちらもほどなくして私の入れたエネルギーに耐えきれずに消滅したのだった。これでこの近辺の淀みはなくなったかな？　これで私の所業はなかったことになるかしら。

お願いなって。お願いだから！

はあ、ちょっと疲れた。おやすみなさいー。

◆◆◆

次の日は快晴だった。朝食をとる宿の食堂の雰囲気も浮かれた明るさで、久しぶりの青空をみんなが歓迎していた。

いやあ、清々しいね。昨日頑張ったかいがあったというもの。

とりあえずこれ以上、湿気で病気になったりカビがはびこったりを止められたのではないかと。

よしよし。

なんて達成感で美味しく朝食をいただいているのに、この目の前のおっさんがジトーっとした目でこっちを見てくるのは何故かしら？　もぐもぐ。

「おっさん食べないの？　せっかくの新鮮な朝ご飯なのに。美味しいよ？」

シャドウさんはお部屋待機だからね。せっかく向かい合ってご飯を食べているのに、辛気くさい顔なんて見たくないんだけど。

「お前さあ……。よくそんなバクバク食えるな」

ええ!? なんで? 爽やかな朝だよ!?

「お前さん魔術が見えるっての、ウソだったのかよ。見えるんなら昨日のあれも見えただろ? すげー派手に吹っ飛んでたじゃねーかよーこの町の守護魔術! オレでさえハッキリクッキリ感じたぜ?」

はい? 守護魔術? え、「守護」!?

思わず固まる私。吹っ飛んだって……アレだよね? あのダム? 守護ってなにさ!?

「あれ、感じなかった? この町全体に魔術がかかっていたろ? ほおぅ? わからなかったんだあ? なんだお前、実は大したことねぇな?」

おっさんが得意気にニヤニヤし始めた。

くっそう悔しいな。でも確かにシャドウさんにダムを見せられるまで、魔術関連には気付いていなかったよ。

振り返ってみるに、ちょっと大きな町なのに浮かれて、ついつい興奮してお店とかを冷やかすのに夢中になっていたからか?

「守護って、なに? 他の魔術とは違うの?」

なんか大切なものを壊していたらどうしよう。

でもアレ壊さなきゃ雨やまなかったよ? 壊すよね?

え、いいよね!?

「オレも詳しくはわからねえけどさ、この町に入った時に古ーい魔術を感じたんだよ。町全体にかかっていたな、ありゃ。そういうのは大抵その町を守るために昔の魔術師がかけた魔術だから、守護魔術って呼ばれてんの。そんで、そういう魔術はその町の魔術師たちが定期的にメンテナンスして強化もしてるから、すっげえしっかりガッチリ固まってるもんなんだよ、普通は。だから一晩で消し飛ぶなんてあり得ないの。で、も」

おっさんが意味深な視線を寄越す。

「昨日の夜。厳重に部屋に結界張って、お宅のシャドウさんナニシテタノカナ～？」

「え、シラナ～イ。ソンナコトアッタノ？」

はははははー。

うふふふふー。

白々しい空気が寒いよーえーん。

「お前さん見てたんじゃねーのかよ。俺たちが来たとたん守護魔術が消し飛んだんだぞ？　他の誰に出来るってんだよそんなこと。絶対に偶然じゃねえだろ！　なに守ってたのかは知らねえけど、どうなっても知らねーぞーもー」

「えー私すぐ寝ちゃったカラナー。なんか疲れていたみたい？　キヅカナカッタナーあはは……」

「ホントかよ……まあアイツの力だったらお前さんを眠らすのも簡単そうだがよ。でもアレだぜ？町全体が揺れたんだぜ？　本っ当ーになにも感じなかったのか？　お前……さすがに鈍感過ぎるだろ」

揺　れ　た　の　!?

私が心からびっくりしていることにおっさんも驚き、そしてまた疑わしそうにジトーっと見てきた。

　いや、びっくりするでしょ。ひっそりとダムを壊しただけのつもりだったのに、そんなに大きな影響があったなんて。

　こわ……。

　そんな大事《おおごと》だったとは……はは……。

　まあほら、見回してもみんな太陽と青空の話しかしていないしね！　些細《ささい》な地震なんて、みんな気付いていないんじゃあないかな？　もしくはとっくに忘れてるとか。

　あ、もしかしたら、魔力持ちの人しか感知しないのかもしれないよ？　きっとこのおっさんが敏感なんだよ！

　大丈夫大丈夫！　多分ね……。

「それよりさぁ、お前さんを眠らせて、まさかアイツけしからんことなんかし……いてぇ！　くっそう！　条件厳しくなってないかコレ！」

　おっさん、相変わらず懲りないなー。


　そんなスリリングな朝食のあと。

「ちょっと時計台に行くけど、お前も来るか？　中に入れるぞー」

　というおっさんの誘いに乗って、一緒に付いていくことにした。

「なんで影まで来るんだよ。オレが誘ったのはシエルだけだっつうの。しかもそこ！　手を離せ！」

　とかブツブツ言っていたけれど、結局仲良く三人で時計台に向かった。

ちなみに歩いている間、おっさんが昨日の夜になにをしていたのかをシャドウさんにしつこく聞いていたけれど、シャドウさんは安定のスルーでしたね。眉間にシワは寄っていたけどね。

時計台に着くと、黒いローブを着た人が一人と、作業着らしきものを着た人三人ほどに出迎えられた。

「ようこそいらっしゃいました。この度のお力添えに感謝します。私では風しか送れませんでしたから、大変助かります」

と、ローブの人が言う。

なんだろう？　と首をひねっていたら、ローブの人を先頭にして時計台の中に案内された。

時計台は時計の機能と、あとこの町では三時間ごとに鐘を鳴らしていたらしいけれど、どうやら最近の長雨で木部が湿気って作動しなくなっていたらしい。

「金属部分は磨けば錆《さ》びも取れるのでなんとかメンテナンス出来ていたのですが、木部の湿気がどうしても取れませんで。なにしろ機械の保護のために、風通しが悪くなっておりまして」

「で、普通に火なんて焚《た》いて乾かそうにも煤《すす》が出るのは機械によくねぇだろ。だからちょっと協力しようかって話をしたんだよー。魔力で出す火は煤も出ねぇし、加減も自由自在だから、ちょうどいい具合に乾かしてやるぜえってな」

また有料で仕事を取ってきたんだな、このおっさん。ほんと抜け目がないなー。

まあ、お陰でこんな珍しいものが見れるんだけど。

時計台の心臓部、機械室に着いた私たちは、おっさんもといカイロスさんから少し離れて見守った。

思ったより機械室と仕掛けが大きくてちょっと驚いた。人が小人のようだー。

機械部分は上の方にあるので、下にあたる床はホールのように広々としていた。

その真ん中に立ったおっさんいやカイロスさんは、すうっと息を吸ってなにやらブツブツ言ったあと、突然燃え上がった。

おおっ⁉　なにごと？　凄い！　派手！

服や髪は燃えていないのに、体の周りを火が包んでいる。ちょっと離れた所にいる私の所にも熱が伝わってくる。

こんな大きな火が出せたんだね、カイロスさん。ちょっと見直したよ。そりゃあ王都に呼ばれる心配もするよね。

作業着姿の三人がどよめく中、黒いローブを着ていた人が詠唱を始めた。

するとローブの周りを風が吹き始める。

そしてローブの周りを回ったあとにカイロスさんの作った熱を乗せ、機械室の中をぐるぐるまわって熱を全体に伝え始めた。

おおー見事な連携作業！　魔術って凄い。

たっぷり湿気を含んだ空気が、機械室の上に開けられていた小さな窓から勢いよく抜けていくのが感じられた。

窓を抜けて空へ上がっていく。鳥よりも高く。

どんどん上がって上空を流れる気流に乗って……。

と、そこでシャドウさんに目を塞《ふさ》がれたのだった。

あれ、また私やってました？

チラッとシャドウさんを確認すると、また、めっ、という顔をされてしまった。

うん、ごめんなさい……昨日の今日でやるなよって話ですね、はい。

カイロスさんとローブの魔術師さんの連携のお陰か、三十分もしないで機械室の中が最低限は乾いたらしかった。

あとは調整すれば、今日の昼頃にはなんとか時計を動かせるだろうということになり、カイロスさんはとても感謝されていた。

確かにあの小さな窓だけで自然に任せていたら、乾くのに何日もかかっただろうと思う。時計は生活に必要なものだから、早く直ってよかったね。

その後カイロスのおっさんは、ローブと作業着の人たちからしっかり報酬を受け取って、そしてくれぐれもこのことは内密に、と念を押してからお別れしていた。

帰り道、

「あの人たちが黙っていなくて、王都に報告するかもとは考えなくていいの？」

バレたくなかったんだよね？　と聞くと、

「ああ、大丈夫だろー。時計台の保守が仕事なのに動かなくなっちまったなんて、報告するのは勇気が要るだろ。ましてや外部の人間に助けてもらいましたーとか出来るだけ知られたくねえだろうよ。それに報告したくても、オレ偽名使ったからな、どうせオレだとはわかんねえさ。あいつらよっぽど困ってたらしくて、言い値で払ってくれたんだぜ。へっへっへ」

って、相変わらずですね、おっさん。たくましいわー。

「それよりオレ、凄いでしょ？　かっこよかった？　惚れちゃう？」

ああ……うん、凄かったけど、それを言っちゃったら台無しじゃないの？　やれやれ。

なんて、思っていたら。

◆◆◆

「なんかさあ、あの守護魔術をぶっ壊したの、どうやらオレじゃないかって疑われてんだけど……」

と、おっさんが暗い顔で言い出したのは、復活したお昼の鐘が鳴ってちょっと経った頃だった。

どうやら時計台が直ったとたんに、あのダム破壊の犯人探しが始まったようだ。

神妙な顔で部屋を訪ねてくるから何事かと思ったら。

どうやらあの黒いローブの人はこの町の魔術師で、朝に見たおっさんの魔力が思いの外強かったから疑いを持ったらしい。どうりで別れ際に連絡先を聞いていたわけだ。

さもありなん。派手で勢いがあったからなー。

「いや無理だから！　そんなこと出来るわけねーだろ！　オレ火は出せるけど壊したりは出来ねえから！　他人の魔術は、燃やせないし！　どーしよーしょっぴかれたら」

よよよ、とオーバーリアクション。

え、ヤバそう……？　よくわからないけれど、逃げる？　でも逃げ切れるのかな？

「器物破損で損害賠償《ばいしょう》なんて前例もあったよなあ、確か……」

え⁉　犯罪になるの？　逮捕⁉　賠償⁉　やば……ますます私がやりましたなんて言えない事態。

怖い！

私は平和に生きられればそれでいいのよー。

悪気はなかったんです。つい出来心で！　むしろ親切心だったんです〜！

シャドウさーん……はい、寝てるね。ホントに部屋ではよく寝ているよね。いくら結界を張っているからって、気が緩み過ぎなんじゃないの？

「えーと、証拠不十分で不起訴を狙う？」誰も見ていなかったよね？　よね？

「いやあ、さすがに昨日のは魔術の痕跡《こんせき》が残っているだろうから、オレのじゃないってわかるだろーと思ってたんだけどよぉ。なんだかあの野郎、俺が一生懸命火をおこしている時に、その痕跡と同じような魔術を感じたとか言い出してよぉ……」チラッ。

ぎくーん。

「えーソウナノ？　ソンナコトアルンダネー」

はははははー。

「そ、こ、の、シエルさんよお、確か魔術が見えるって言ってマセンデシタかねえー？」ジトー。

「えー、集中シナイト見えないミタイヨー？　カイロスさんの魔術ばかりが目についちゃってーははは」

今日は朝からこんな会話ばっかりじゃない？　まだ昼だよ⁉　もうやだー。

しばらくジト目のおっさんに見つめられるも、必死の「無邪気な笑顔」の演技を崩さない私！

私はナンニモシラナイヨー。

結局おっさんは最後に溜め息をついて、

「……まあ、オレも面倒なことは御免だからな。とりあえず、あの魔術師がまた夕方話を聞きに来るらしいから、いいか？　お前たちは厳っ重にここを封印して、絶対出てくるんじゃねえぞ。とにかく魔力は欠片も漏らすなよ？　どうやらおんなじことが他でもあったみたいだから、ちょっとでも疑いが残るとしつけえぞ多分」

こくこくこくこく。

「まあアッチは魔力の痕跡がやたら残ってんのに、ココはほとんどないらしいから、なんとか切り抜けられるだろ。出来るだけ上手く誤魔化すからじっとしてろよ！　もし出てきたらオレぁ責任持たないからな！」

「わかった！　もちろん！　シャドウさんにもよーく言っておくね！　頑張って！」

あとはよろしく！　という一言はのみ込んだ。

そーかー、あの力ずくの物理で破壊だと、痕跡が少ないのね。で、エネルギー注入方式だと痕跡が残る、と。

まあそうだよね。大量の魔力で文字通り吹き飛ばした感じだもんね。あの魔力？　エネルギー？　残るのか。なるほど。

というか、カイロスのおっさん、シャドウさんがすっかり黒だと思っているね、これ。まあ あまり間違ってもいないけれども。

そして本当に夕方、あの黒いローブの人がカイロスのおっさんの部屋に来ていた。

部屋の外の廊下には護衛？　警察？　みたいな人が数人待機しているような気配がする。

一緒に行動するようになってからは部屋は隣同士にしているので、私は壁にぴったりと耳を付けて古典的に盗み聞きを試みたのだった。

シャドウさんの千里眼は、万が一察知されたらあとが怖いから、私からお断りしましたよ。そして厳重に結界も張ってもらいましたとも。逮捕怖い。

結界も極力察知されないように偽装済みですとも。

なんとか壁越しに聞こえてきたのを総合すると、結局は決め手が出なくて放免になった、かな？

ぼそぼそ話す黒ローブに対するおっさんの「証拠」とか「オレの魔力」とか「他にも」とか「たくさん」とかの言葉が聞こえてきた。いやあ立て板に水ってこのことか。おっさん凄いな。黒ローブすっかり押されている。

でも、君子危うきに近寄らず。これはきっとボロが出る前にさっさと逃げた方がよさそうだ。よね？

そしてそのうち「せっかく」「人の好意を」「仇《あだ》で」「名誉毀損《きそん》」と聞こえだした頃には、もう今すぐこの町を出たくなったのだった。

おっさんちょっとやり過ぎじゃあないですかね!?

結局それはそれは震え上がった私の希望で、次の日には私とおっさんがタルクの町を出ることになった。

私のビビり具合に同情したのか、おっさんの提案で、まずは私とおっさんが町を出て、その後シャドウさんがフードなしで歩いて町を出ることになった。

そうすれば、目立つシャドウさんに注目が集まって、そのうち〝末裔〟がやったんじゃないかとなるだろうという作戦だ。

〝末裔〟がやったのならなにか理由があるのだろう仕方がないと思われて、それでこの件はうやむやになるだろうというのがカイロスのおっさんの考えだ。

「ま、実際本当のことだしな？」と意味深な視線を寄越してきたけど、もちろんそこはスルーで。面倒はキライ。

しかし〝末裔〟って本当に凄くいいイメージなのね。なんなのその信頼。

そして念には念を入れて、シャドウさんとは出発の日を一日ずらすことになった。最初おっさんは三日くらい、と言い出したがシャドウさんに却下されていた。

でもすぐ合流しているのを見られてもよくないから、二つ先の町で落ち合おうとカイロスさん主導で話が決まっていく。

まあ言われてみればその通りなんだけど、シャドウさんと離れるのが初めてでちょっと心細い。

それにシャドウさんの眉間にもシワがくっきりだ。

でも。まあ、シャドウさんは千里眼があるからなんだかんだ監視はあるだろうし、おっさんには膝の呪いもあるから大丈夫かな？

少なくとも私一人で出発するよりはおっさんがいた方がはるかに心強いのは確かだし。

特に計画自体には問題もないようなので、私もシャドウさんも渋々了承したのだった。

そしてその夜、シャドウさんは私をギューギュー抱き締めたあと、なにやら魔術をかけまくり、もう一度ハグして見えない幻の耳と尻尾をうなだれさせていた。

なにこれ、可愛い……。最高か……。

◆◆◆

次の日の朝、私とおっさんは二人でタルクの町を出た。おっさんと二人で牧歌的な田舎道を歩きながら、それでも思い出すのは今朝のシャドウさんである。

シャドウさんは今朝も私をギューギュー抱き締めて別れを惜しんでくれた。愛されてるなあ私……。

別れといっても一日か長くても二日くらいなのにね。

それでもなにが不安だったのか、シャドウさんは映像で今も北の山奥で眠る「だんなさま」の様子を見せてきた。

相変わらずよく寝ていらっしゃる……あ、でも前に見た時よりはなんか顔色がよくなっている……かな？

うん、すやすやだねえ。銀髪が麗しいわあ。シャドウさんを見慣れてきたので、ほぼ同じ顔の「だんなさま」の顔が妙に親近感あるわー。ふふっ。

なんて微笑ましく見ていたら、あれ？　今まで気づかなかったけれど、なにかある。

よくよく見てみると、それは、細い……糸のようなもの。

「だんなさま」と私の間に渡っているらしかった。こんなもの今まであったっけ？

映像の中でその糸に触ってみると、うん、糸だね。白い白い、半透明の糸だった。

ちょっと引っ張ってみると、その動きが「だんなさま」に伝わって、そして「だんなさま」がうっすらと目を開けた。空中から見下ろす形の私と目が合って、ニッコリ微笑む。え⁉　見えてる？　そして起こしちゃった⁉

その笑顔は最近シャドウさんが見せるデレデレの笑顔とほぼ同じでちょっとこっちが照れる……。

でもつまりこの糸、イメージではなくて本当に繋がっているということか。

ごめんね、起こしちゃって。寝てていいよ。元気になって自然に起きるまでゆっくりしていて。私は楽しくやっているから。

そんな気持ちを糸を通して送ってみたら、どうやら伝わったらしかった。

またニッコリしてから「だんなさま」はお眠りになったのだった。

シャドウさん、この糸を私に見せたかったのかな。繋がっているよってこと？　え、ある意味怖くない？　なにか伝わっていっちゃうのかな⁉　ナニが伝わっちゃうのかな⁉　私のさっきのメッセージは伝わっていたっぽいよね⁉

……………ま、まあいいか。深くは考えまい。大丈夫大丈夫！

きっと……。

ちょっと狼狽《うろた》えていたのがシャドウさんに伝わったのか、シャドウさんが苦笑して、映像で、どうやら「伝えようと意識して送らないと伝わらないよ」的なことを教えてくれた。

お、おう。よかった……。

なんでもダダモレはちょっとキツい。

だけどそのあとに、「思考の範囲の制限の仕方」みたいなことも教えてくれた。

なるほどなんでもオープンにしないのは大事かもね。ある種の結界みたいな感じかな。ここから先は見せないし入れないよ、的な。うん、練習しておこう。

こんな感じかな……？　出来てる？　お、上手？

シャドウさんがニコニコウンウンしてくれた。頭もナデナデしてくれる。

そんなこんなで、端《はた》から見たらただイチャイチャしているようにしか見えない私たちは「いい加減にしろよ！」とおっさんに怒られたのだった。

って、おっさん、なんでそこにいるの！　勝手にドアを開けないで！


「お前さあ、あの影の見かけに騙《だま》されているよな？　影を実体化させる実力のある奴なんざ、この国に十人もいないの知らないだろ。みーんなもれなくヨボヨボの爺《じじい》だぞ？　んで大抵腹が真っ黒だぞ？　色男だからってフラフラよろめいてんじゃねーよ、危ねえなあ。その魔術師を使っているもっと後ろの奴なんざ怖過ぎて考えたくもねえよ。大丈夫なのかお前」

へえ、そうなんだー。ふーん。えー大丈夫じゃないの～？

「おいー。俺は心配してるんだよ！　絶対この先なにかに巻き込まれるか、既に巻き込まれてんだぞ？　そしてそれは絶対に厄介なことだろ！　どう見ても！　隠れてる奴が大物過ぎる！」

おっさんは必死に言ってくれるけれど、そんな心配をしてもこの先なにが変わるわけでもないしねえ多分。

乗り掛かった船ではあるけれど、既に降りられなくなっているのは感じるから、もうしょうがないよねえ。

とりあえずシャドウさんはいい人だし、私は今の状態でそれなりに楽しいからいいんじゃないのかなー。

「だから！　今はよくてもこの先だって言ってんだろ！」

珍しくイライラしているおっさん。

うん、ありがとねー心配してくれて。まーでも悩んでも仕方ないでしょ。出たとこ勝負するしかないさー。

なんてヘラヘラ笑っていたんだけれど。

カイロスのおっさんは深ーい溜め息をついたのだった。

やだなーせっかくだからご機嫌で行こうよーと思いつつ、あの常にうるさいカイロスさんがずっと黙っているのもまあ、静かでいいかーなんてほてほて歩いていたら。

途中の人通りが途絶えた辺りでカイロスのおっさんが、

「ちょっとこっち来い」

と、脇道を指し示した。

えーなに？　誘拐？　なわけないか。

思わず「だんなさま」との見えない糸を意識の裏で確認した私はきっと悪くない。

大丈夫。繋がっている。なにかあったら「だんなさま」を起こしてでもシャドウさんに来てもらおう。あの人は守ってくれる。何故か信じられる。

まあそもそも超なついている子犬の信頼を疑える人がいるだろうか。

否！

うろんな眼差しを向けている私に向かっておっさんが溜め息をついて呆れながら、

「なんにも悪いことはしねえよ。オレはこれでもお前さんを結構気に入ってるんだから。あ！　信じてねえなその顔！　じゃねえと心配とか言わねえよ！　オレ、どうでもいい人には結構冷たいよ？」

へー？

「……ちょっと見せたいもんがあるんだよ。他人の目とか、特にあの影がいるとちょっと困るやつだから、どうしようか迷ってたけど、今ならあの影もいねえし、今見せることにしただけ。そんだけだよ」

と、言ってくる。

ほうほう、見せたいもの？　なんでしょね？

ちょっと興味を引かれたので、この話に乗ってみようかな？

命綱ならぬ見えない糸を握りしめ、一緒に脇道を進む。

進んだ先はちょっと視界の悪い森の中だった。

田舎ってちょっと外れるとすぐ森とか林とかになっちゃうよね。きっと夜は怖いやつ。

少しだけ地面が開けている所でおっさんが立ち止まったので警戒しながら一緒に立ち止まった。

「なんだよーオレ信用ないなー。それなのにこんなの見せちゃうオレってお人好し過ぎだろ」

とか言いながら、手のひらを差し出した。

はい？　手のひら？

怪訝《けげん》な私を見て、おっさんがふーんという顔をしたあとに言った。

「これが見えるか？」

え？　なんにも見えないよ？　……あ、待って？

そういえば、なにかあるかも？　おっさんの手のひらの上でなにか……ふよふよしている。

んん？　と目を凝らしてみたら、うーん、これは、火の玉？

「火の玉みたいなのがある。なにこれ？」

せっかく伝えたのにおっさんは黙ったままだ。

一回見えると興味が湧いてよくよく観察しちゃうよね。

その火の玉は静かに燃えて揺らいでいた。そして…………脈打っている？

それはまるで心臓のように、規則正しく鼓動していた。

「なにこれ心臓？　生きているみたい」

そう言うとカイロスのおっさんがまた、ふーんという顔をする。

「心臓ではないが、似たようなもんだな。イカロス！」

そのとたんにカイロスのおっさんの手のひらの上の炎が激しく燃え上がり、その中から火の鳥が現れた。

「わあ！　手乗り火の鳥！　可愛い！　なにこれ!?」

美しい鳥だった。赤々と燃える鳥。つぶらな瞳がこちらを見ている。

「なんだと思う？」謎かけかな？

「なになに？　こっそり飼っているペット？」

おっさんが、ガックリしながら言う。

「お前、適当になんでも思い付いたまま言やあいいってもんじゃねえだろ！　悪い癖だぞ！　とにかくよく見てみろ！　それから思ったことを言え！」

えー、なんか、怒られてる？

うーん、綺麗だねぇ。あとは……なんか、気位が高そう？　手を近づけるとボッと燃え上がって嫌がっている。あっつうー。あ、今手に魔力を感じたよ？　なんだろ、全体から発しているのかな？　よくよく目を凝らしていると、火の鳥を包む魔力が見えてきた。多分魔力だと思う。目に見える火とは別に、黄色いなにか、光？　が、鳥を包みこんでいる。結構強い。

これ珍しい部類のやつだよね、きっと。そりゃあ他人に見せたくないだろうね。こんなの見たら、みんな欲しくなっちゃうよ。まさしく争いの火種になっちゃうね！

正直に伝えて感心していたら、またガックリされた気がするけれど、ほんとに失礼なおっさんだな。言えって言うから正直に伝えているだけなのにー。

「まあ、大体合ってる。なるほど。しかしお前、残念だなーもう……」

なにさー残念って！　失礼な！

「お前、いい目を持っているのに頭が残念なんだよ！　少しは考えろよ！　イカロス、戻れ」

ああー、火の鳥、仕舞われちゃった……。

「無邪気に残念そうにしてんじゃねーよ。コレ見てカワイイーなんて喜んだヤツ初めて見たわ。普通はびっくりして腰抜かすか怖がって逃げるかパニックになって固まるかなんだよ。魔獣だぞ！自然さえも変える魔力の持ち主だぞ！　魔力感じたんだろ？　怖くないのかよ！　人間だったら本能で怖いやつだろ！」

何故か最近よく見るジト目になるおっさん。

「え？　あー結構強い黄色い光だったね。黄色って、なんだろう？　黒が呪いってことくらいしか知らないんだよねえ。で、魔獣？　魔獣ってなに？」

あれ、おっさん、顎が外れたのかな？　口開きっぱなしよ？

まあ、呆れているのはビシバシ感じているよ。でもさ、しょうがないでしょう。知らないんだから。そして怖くはないよ、何故か。私の本能どうした。

「はあ……そうかそうか黄色か。そう見えるのね。ホント目はいいものを持っているんだよなあ。お前……ほんっとーに残念過ぎるな」

ちょ、泣き真似まですることないでしょー！

◆◆◆

よくわからないが、カイロスのおっさんが見せたいものは見せ終わったということだろう。私たちはまた元の旅路に戻っていた。

次の宿屋のある村まではまだしばらくかかる。

そして、このお説教はそこまで続くのだろうか？

「あのなあ、いっくら記憶がないとか言っていても、常識くらいは普通にあるだろお前。現に服着て飯も朝昼晩食って普通に話して読んでんじゃねーか。犬は知ってんのに魔獣は知りませんって、どういうこったよ」

いや知らないものは知らないんだからしょうがないよね。そんなに普通にいるものなのか？　魔獣って。初めて見たんだからしょうがないじゃないかー。

「そりゃあ普通は見える奴なんざそうそういねーよ。でも普通に知ってるものなの！　伝説の生き物なんてたくさんいるだろーがよ。麒麟《きりん》とか白虎《びゃっこ》とかドラゴンとか火の鳥とか」

なるほど！　言われてみれば知ってるわ！

でも「魔獣」という言葉は記憶にないなあ。

「そこだよなあ。さっきのイカロスが見えたってことは、お前さん魔力持ちのはずなんだよ。なのになんでそこらへんの知識だけがすっぽりないの？　魔力の存在をお前自体がぜんっぜん感知しねえよな。で、時々突然見えるのも謎。さっきすれ違ったジイサン覚えてる？　あいつ右手になにか仕込んでて魔力漏らしていたけど、見えなかった？」

はい？　さっぱりですねえ。

「やっぱりな。けっこうヤバそうなもの仕込んでいたぜえ。あれが見えないんだったら魔術師としては随分へっぽこなんだがなあ。なのに見えた時はやたら性能いいんだよなあ、その目。知らないだろうから言うけど、結構ヤバイよ、その目」

へえ？

「お前、気合い入れると見えるだろ」

ああ、そうかも。見える時は大抵目を凝らしている気がする。で、見ようとしていない時は見えないんだな、きっと。

「それだよ。やたら高性能なのにセンサーがバカ。視覚に頼り過ぎてんのかなー。センサーも能力もバカだったら問題ないんだが、能力がなー……。お前、コレが周りにバレたらどこかの強欲なヤツに誘拐されて監禁コースだぞ。もしかしてもうバレてんのかな？　あの影が張っついてるしな」

は？　ナニソレ怖い！　ぜったい嫌だ！

「その自覚のなさ！　おー怖っ。自覚ないってホント怖いな！」

なんかさっきから散々な言われようですが。なんで誘拐？　それ犯罪じゃーんダメ絶対！

「まあこれも知らねえでやっているんだろうけどよ、普通見ただけでどんな魔術かなんてわかんねえの。あ、これ呪いー、とか、あ、これは魔獣のーとか見分けらんないの。それなりの魔術師がわざわざ解析しないとどんなんだかわかんねえんだよ。世の中そうなってんの！　さっきのジイサンのだってヤバそうとは思うけど、その正体がなんなのかはオレもわかんねえんだよ」

へええー。でも私もわからないんだけどね。色が違うだけでなにがなにやら。あ、色が違うっていうのが珍しいのか。

「あ、ちなみに、最初におっさんが私に盛った薬？　毒？　あれは紫だったわ。呪いが黒でヤバそうな薬の類《たぐ》いが紫だね！　そして魔獣の魔力は黄色。でも知っているのはそれくらいよ？」

「今それを思い出すなよー嫌な奴だな。てかあん時も見えてたのかよ！　どうりでなかなか飲まないと……ま、まあ忘れてくれ。で、そんな知識なんて監禁していろいろ学ばせたらわかるようになるんだから心配要らねえんだよ。気になるのそこかよ、めでてえなあ。心配するポイントが違うだろ！」

はえー強制学習？　そしてそのあと道具として使われるのか。それは嫌だなー。後半がなくて、学習だけならいいんだけどな。

「言ったな？　覚えとけよ？　しっかりその頭に今のセリフ叩き込んどけよ？　オレも全く同感だぜえ、全くな！」

え、なにそれフラグ？　怖いんですけど。そのニヤニヤ笑いやめてー。

そんな感じで道中はずっとカイロスのおっさんから「いかに私が残念な人なのか」という話をくどくどと説明されていたのだった。

つらい…………。


主に心が疲れ果てた辺りでやっと宿屋に到着した。

大きなタルクの町の近隣なので、今度は小さな村の宿だ。こじんまりしていて清潔でよきかな。

でも。

勉強にはなるけれど、相変わらずおっさんからは酷い言われよう。酷くない？　泣いちゃうよ？

だってしょうがないよねえ？　記憶がないんだから！　なんにもわからないんだから。

でもなんだか、おっさんはワザと記憶をなくさせられている可能性も考えているらしかった。

宿はもちろん二部屋、そして隣同士。そして夕飯のあと、私はおっさんの部屋に呼ばれた。

膝の呪いがあるから、とりあえずは大丈夫だろうけれど。食堂じゃあダメなの？　と、聞いたら
「人に聞かれるとまずいんだよ」

とのことだった。

まあしょうがない。

「さてと。オレもあの影ほどじゃあないが結界張ったからな。ここでの会話は他言無用だぞ」

私を椅子に座らせてから、おっさんが妙に神妙な態度で言った。

なんだなんだ？　なにごと？

「お前さん、自分の立場が凄ーく微妙で危ないのは自覚したか？」

え、あ、はい。ソウミタイデスネ。

「思うにお前さん、あの影の魔力が凄過ぎて、感覚がおかしくなってるだろう？　そりゃ目の前でホイホイ呪いを解いたりかけたりされたら、そんなもんかと思うのもわかるがな」

なんとなく膝をさするおっさん。

「呪いをかけるのも解くのも、本当はとてつもなく準備が要るし、実際にかけたり解いたりするのもよっぽど強い魔術師じゃないと出来ないんだよ。魔術としては凄く高度な技なの。解きましょう、じゃあはいってわけにはいかないの。そんなの出来る奴がいたら、大騒ぎなの。本当は」

なるほど。

その膝の呪い、解いたのは私、って、言わないでおこう。絶対。面倒は御免だ。

散々しつこく聞かれた挙げ句になにも答えられなくて、険悪になる未来しか見えないわ。

なんで出来るかわからないんだもん。

「で、お前さんの魔術が見えるっていう能力も、喉から手が出るほど欲しい奴が世の中山ほどいるんだよ。それくらい貴重だし凄い能力なんだよ。だから、遅かれ早かれお前を巡っての争いが起こるだろう」

ええ……面倒……。

「それ！　相変わらずボケてんなお前」

そう言ってカイロスのおっさんは溜め息をつく。

「お前さんのその危機感のないの、なんなのホント。わざとなの？　権力者ってえのは怖いんだよ？　言うこと聞かなかったら拷問《ごうもん》なんて普通にあるよ？」

ええ!?　絶対嫌！

「だろうよ！　そしてそういう可能性を全く考えないお前のオツムがほんと残念だよ！」

いえ、はい、スミマセン。

「で、オレは最近考えていたんだが、一応乗り掛かった船というか、こうして知り合ったのもなにかの縁だし、こう見えて俺も結構お前さんを気に入っているんだよ。面白いからな、お前。わかりやすいし」

ああ、はい。ありがとう？

「お前さんがこの先どうやったら一番平穏にやっていけるかを考えてみたんだよ。だけど、まあちょっとやそっとのことじゃあ金と権力には逆らえなくてだな。だがな、なんとかする方法がないわけではないんだ。だからな？」

おっさんが妙に真面目な顔をした。

「シエルお前、オレと結婚しないか？」

「え、無理」

おっと脊髄《せきずい》反射で答えちゃったよ。

って、えええええぇ!?

一拍遅れて驚愕がやってきた。

そしておっさんはポカーンと口を開けたあと、ガックリと崩れ落ちたのだった。

◆◆◆

「なんだよ！　なんで即答？　普通驚いたり悩んだりするもんだろ！　オレだって散々考えた末に意を決して言ってるんだよ！　一大決心だったんだよ！　おい？　なんだこの仕打ち！」

ごめん、確かに！

涙目にさせてごめん……。

「まあ、確かに年の差はあるがなあ。でもよ？　どっかの腹黒権力爺よりはオレの方がマシだと思えねえか？　このままだと本当にそんなことになりかねないの、わかってるか？」

すかさず気を取り直したのは年の功ですか、それとも経験値のお陰ですか。強いなおっさん。よかった。

「権力爺と別に結婚しなくても、拷問でよくない？　言うこと聞かせるだけなら」

「お前……。少しは考えろよ。いいか？　お前さんを拉致《らち》して拷問して、言うことを聞かせたとする。だが、横からお前を別の奴が誘拐しておんなじように言うことを聞かせたら、前の奴は堂々とはお前を取り返せない。だがな？」

なんなの、人を物のように。いやわかるけど。

「夫だったら返せと言えるわけ」

なるほど！

「だから、オレと結婚しておけば、誰に拐《さら》われそうになっても堂々と守ってやれるし、実際に拐われてもオレが返せって言って助けに行けるんだよ。オレが強いの知ってるだろ？　ただの旅の供だったら、あらーシエルちゃんいなくなっちゃった、で終わっちゃうわけ。そしてそんなことになったらオレもさすがに寝覚めが悪いわけ！」

なるほど。

でも寝覚めが悪いから結婚とか、飛躍し過ぎでは？

「ああ、まあ、それにはオレにも事情があってだな……」

はい出た。やっぱりね。このおっさんがタダの人助けでそんなこと言い出すわけがないと思ったんだ！

「オレ、じいちゃんの遺言で魔力持ちの女としか結婚出来ないんだよね」

はい？　なんだそれ。じいちゃん横暴では？

「でもホラ、お前は夫が出来て他人から手出しが出来なくなって、腹黒権力者や野心家な奴から逃げられるし、オレは条件に合ったそこそこ気に入った女を妻に出来る。ウィンウィンだろ？」

だろ？　じゃないよー軽いなー相変わらず。そこそこってなんだ。そこそこって！

「だから、結婚しようぜ」

「え、嫌」

「え――――」

えーじゃないつうの。そこに愛はあるのか!?

まあ、結婚はもうしているから出来ないんですけどね！

てへ。

言わないけど。

だってそれを言って「相手は誰だ?」って聞かれて「わからない」って答えるのか？　顔しか知らないと。でもそれ以外になんて答えれば？

あ、いっそシャドウさんの本体と結婚していると言えば……ダメだ、結局「誰だ」「わからん」には変わりないよ。


信じてもらえる気がしない。


「あ！　お前まさか、あの影と結婚の約束しているとかじゃねえだろうな？　あんなの見かけだけだぞ！　一時期の感情で目が曇ってるのか!?」

って、失礼な。

……とも言い切れないか。

そういえばあの結婚もキラキラに目が眩《くら》んでいるうちに誓ってしまった感がないでもない……いやいや、でもあの銀色の人が妙にかわいくてね？　妙に……なんというか……うん。

まあ今になって考えるに、一目惚れ？　な、感じ？

　おう……照れる。だって、なんか好きだったんだもん……。

「おい！　なに赤くなってるんだよ。オレの言うこと聞いてるか？　影の　う　し　ろ　はジジイだぞ!?」

「ああ、ごめん、ちょっと考え事していて……。大丈夫だよ。シャドウさんとはそんな話はしていないから」

「じゃあなんで断るんだよ。いい話だろうが」

「えー、愛？　愛がないとねえ？」

「は？　そんなこと言っている場合じゃないって、ほんっとーにわかってる!?　明日にはどうせまたあの影の監視下に入るんだぞお前。あの影に突然連れ去られることもあり得るんだぞ？」

「うーん、心配してくれてありがとう。気持ちはとっても嬉しいんだよ。でも、そんな理由では結婚出来ないし、おっさんを巻き込めないよね。おっさんはおっさんが好きになった人と結婚するべきだと思うよ？　いつか出会うかもしれないじゃない？」

　もちろんこれも本心です。

　結婚って、一生なんだよ。条件で結婚しても、いつか心がついていけなくなったら、つらいじゃない？

　だから少しも気持ちがないなら、しちゃダメだと思うんだ。

　まあお前が言うなって話だけどさ。

　私もよくあそこで決心したな。

　まあ後悔は全然していないけど。

こうしてみると私、あの「だんなさま」をやっぱり随分好きなんだな。うん。

今まで全然気付いていなかったけど。

「ったくよー。気持ちよーくいい返事が出来るように魔力でワザワザ火を出して見せたり、イカロス出して見せたりしてオレのイメージアップ作戦頑張っていたのに、効果なしかよー！　くそー」

そういう所だぞ、おっさん。

◆◆◆

「……まあ、お前さんの気持ちはわかったから、また事情が変わってその気になったら言ってくれよ。オレは今んとこ結婚したい女が他にいるわけでも、って、おわっ！」

おっさんが一メートルくらい飛び退《の》いて驚いた。

え、なに!?　と思った時にはフワリと抱き締められていた。

ん？　この感じは……シャドウさん？

「おい！　お前！　約束と違うじゃねえか！　お前は明日タルクを出る約束だったじゃねえか！なんでここにいるんだよ！」

おっさん、ちょっと顔赤いよ。

まあ、気持ちはわかる。聞かれていたかもしれないもんね。ていうか聞かれたね、コレ。確実に。

「睨むんじゃねえよ。オレがなに言おうと勝手だろ？　お前こそなんの権利があってオレを睨んでるんだよ」

おっさん開き直りましたー。

「権利といえば……私は夫ですから」

耳元で、記憶にあるデレた低い美声がした。やっぱりこの声好きだわ私。って。

えええええ!?　しゃべった！

久し振り、というか初日以来の声だー！

びっくりして振り返る。

するとそこには半透明なシャドウさんがいた。あれ？　半透明？　いつもと違う!?

「会いたかった……！　一日離れるのがこんなにつらいとは……！　ああ、やっぱりこうして腕の中に君がいないと心配でしょうがないよ！　ちょっと目を離しただけでこんなことになっているし！　でも君がはっきり断っているのを聞いて、私がどれほど嬉しかったか君にわかるかい!?　ああもう愛しい……！　好き……！」

見えない尻尾を相変わらず全力で振りきりながらウットリと、しかし怒濤《どとう》のように喋るこの人はだあれ!?

いやわかるけど。

見かけはシャドウさん、そして中身は……本人だな。最初より随分元気になったんだね。よかったよかった。

半透明の顔を全力で私の顔に擦り寄せているイケメン……ちょっと残念な感じがするよ？

まあそんな所が好きだけどね？　ふふっ。

ふとおっさんの方を見たら、おっさんが顎を床まで落としていた。

うん、そうだよね。わかるよ。

私と目が合って、意識が戻ったらしい。

「シエル……お前、結婚してたのかよ」

「あー、ソウナンデスヨネー。すみません、言わなくて。ちょっと説明しづらい状況だったもので……」

凄いしどろもどろだ。それはそれは後ろめたいぞ、このタイミング！

「で、その『シャドウさん』がお前の夫なんだな？」

「ん？　そうなるの？　よくわかんない」

「おい！」

だからー。こうなるから言えなかったんだよー。

本人とシャドウさんは同一人物なの？

今は「だんなさま」だけど、今までのシャドウさんは？

どうなの？

「なんだよ！　わからないのかよ！　自分の夫だろう、ソレ！」

おっさんが思わず叫ぶ。

だって一回しか会ってないし……。

「はあっ？」

おっさん、そろそろ顎を床に打ち付けるのはやめた方が……。

そんな間もずーっと抱き締めたまま私の頭にスリスリしていた「だんなさま」が、スリスリをやめてニヤリとした気配がした。

「事実です。私は会ってすぐに結婚を申し込みました。そして彼女は受け入れてくれたのです」

ふふん。

ちょ、「だんなさま」大人げないよ⁉

「私はその場で結婚の契約を交わしました。ですから彼女は正式に私の妻なのです。ご承知おきください」

そろそろカイロスさんの顎が心配になってきた。戻るのかな、それ。

カイロスさんは言葉もない様子で半透明のシャドウさんを見ている。

次に「だんなさま」はくるりと私の方に向き直ると、しかしとてもとても悲しそうな、そしてつらそうな顔をして言った。

「だけどね、とても残念なのだけれど、私は出来るだけ早く元に戻ることにしたのだよ。今のままでは少し不安があってね。だからね、しばらくは君の傍を離れなければならない。すまない。私はずっと君と一緒にいるために、今はもっと深く眠ることにしたんだ。出来るだけ早く戻るから、それまで待っていてくれるかい？」

見えない耳を垂れさせて、ちょっと涙目だ。

なんでそんな不安そうなんだろう？

もしかして、シャドウさんを動かしていたのは負担だったのかもしれない。そんな気がした。

シャドウさんが隙あらば寝ていたのはそういうことだったの？

「昨日、思い付く限りの守護魔術を君にかけたから、君を傷つけることは誰にも出来ない。だから安心して。君には、私以外の人間には誰にも触《さわ》らせないからね！　あ、あと、これキャッシュカード。もう銀行にも行けるよね？　盗難防止の魔術もかけたから。だけど、無茶はしないでね。あなたも万能ではないんだよ。ああ、そうだこれもかけておこう。あ、これも……」

と言って「だんなさま」は私にさらにいくつかの魔術をかけた。

お手てをヒラヒラさせては様々な魔術が降り注ぐ。

昨日から累計して、いくつかけているんだ？

数えきれないぞ!?

そんなによく思い付くな!?

そして、カイロスさんの方を向いて「約束は守る。明日タルクで姿を見せるようにする」

私の方には心から悲しそうな顔をして、「愛している。待ってて。必ず戻るから」

そしてギューギュー抱き締めて、私の額にキスをして。

そして。

ふいっと、消えた。

本当に「消えた」。

今まで意識しない所で「だんなさま」の気配を感じていたことに、この時気付いた。

彼と繋がっていた糸が、今は暗闇の中に繋がっていた。

私はまたしても、今度こそ、完全に。放置されたのだった。

第四章

「で、結局、誰なんだよあいつ」

ですよねー。思いますよネー。

私もです！

シャドウさんの姿の「だんなさま」が消えたあとのおっさんの部屋。

しばし二人で呆然としていたけれど、さすがにそのうちどちらともなく正気に戻った。

「私もって、おいー。どうなってるんだ」

「いやあ、そのまんまですよ。式挙げようって言われて、うんって言ったら誓わされて、そのまま放り出されたの」

「なんだそれ」


カイロスのおっさんは、もう驚き疲れたのか妙に冷静だった。

「いいのかお前、それで」

「んー？　今のところいいと思ってる。なんだかんだ大事にしてくれているし」

「さっき言っていた愛だのなんだのはいいのかよ!?」

「うん。それが私、どうもあの人が好きみたいでさー。会った時から妙になんていうか、うーん、まあ、好きなんだよね。不思議だけど」

「いいのかよ…」

カイロスさんは複雑そうな顔をしていた。

まあそうだよね。おっさんの申し出には即拒否っちゃったもんね。自分でもびっくりしたわ。

「まさかあの影のベタベタな態度がそのまんまだったとはなぁ……ちょっと意外だったわ。てっきりお前をたらし込もうとしているんだとばっかり思ってたよ」

そんな風に思っていたんかい。

「で、結局あいつが誰かもまだ知らねぇんだな？」

こくこくこく。

「名前は？」

ぶんぶんぶん。

「まじかよ!?　よくそれで誓えたな!?　じゃあなんて呼んでるんだよ！」

「え、だんなさまって呼べって言ってたから、だんなさま」

「なんだそれ」

おっさん目が虚ろだけど、大丈夫かな？

だから言えなかったんだよー。なんにも説明出来ないんだもん。

「あいつ、半透明の影のくせにやたらと存在感あったぞ。あれは相当年いってるぜ。ぜったいオレより年上だろ。年の差気にしていた昨日までのオレってなんだったんだよ。なのにあの見かけの若さ！　どれだけの魔力持ってやがるんだ！　くっそ羨ましい」

頭をガシガシ掻き回しながら悔しがるおっさん。

え、年？　なに？

「お前はどうせ知らないだろうけどよ。魔術師って、持っている魔力に応じて寿命が長いんだよ。オレだってとっくに七十は過ぎてるんだぜ。でも見かけはもっと若かろう？」

ニヤリ。

ええ？　そうだったんだ。てっきり四十くらいかと。

「そうだろうそうだろう。でも言っておくがさっきのお前の旦那、絶対にそのオレより年上だからな？　まあそういう意味では、お前さんも魔力を持っているからな、お前の正確な年齢もわからねえが。でもそのお気楽具合が若そうだなって」

悪うございましたね、お気楽で。

「まあ怒るなよ。お前、とんでもねえ奴と結婚しちまったんだぞ、多分。オレの部屋に張った結界、全然奴に効いてなかったじゃねえかよ。丸聞こえだったじゃねえか！　くそ！　しかもなんだあれ、お前にやたらめったらかけてた魔術。なんだあの早さ！　そして種類！」

なるほど？

「あいつ……本物のいわゆる〝末裔〟なんじゃないか？　ずっと伝説だと思ってたから、実は影だと知ってなるほどやっぱり作りもんか、とか思ってたのに。まあ伝説の元になった奴がいてもおかしくはねえよな。本物もあの姿だったんだろう？　お前驚いてなかったもんな」

こくこくこく。

色が若干違うけど、誤差かな。黙っとこう。

「それでお前、なんであんなに　なつかれちゃってんの?」

「……さあ?」

むしろこっちが知りたいよねー。


「まあ、あんだけ熱心に守護の魔術をかけられていたら当面は安心だろうからよかったな。で、一緒に予定通りシュタープに行くんでいいな?『シャドウさん』いなくなっちまったみたいだけど。あっちには力のある魔術師や他の知り合いも多いから、お前の旦那の情報もなんかわかるんじゃねえかな」

うん、それがいいかなー。おっさんと一緒の方が要らぬトラブルも避けられそうだしね。都会に憧れもあるし。

「まあ、来ないって言っても説得するけどな!　あの旦那、なにしろあの魔力だぜ?　がぜん興味あるし!　あんなの見てハイそうですか、ってサヨナラ出来るわけねえよ。お前さんと一緒にいたらそのうち実物に会えるってんなら、もちろん一緒にいるに決まってるぜ。もちろん奴が執着するお前にも興味あるしな?　シュタープ行くよな?　もちろん。いやあ、これからもよろしくな!　シエルちゃん!」

あ、うん。そういう人だよね、この人。知ってたー。

後日、しっかり「タルクの町で〝末裔〟が現れて、なにやら凄い魔術を使ったらしい」という噂がまことしやかに聞こえてきた。

歩いていた〝だけ〟で本当にそんなんなったの!? 凄いな噂って。なんなのその〝末裔〟の存在感……。それとも「だんなさま」、あの町でなにかしたのかしらん?

まあ、なにはともあれこれで私が逮捕される可能性はなくなったよね! 万歳! はーやれやれ。

私はおっさんとの二人旅にもすぐに慣れた。

もともとシャドウさんは、私が旅の細かな流れや作法がわかってくるとともに、だんだん居眠りするようになっていたしね。

北から西回りで王都に近いシュターフなる所に向かう。

ちなみに王都は国の少し南辺りにあるらしい。

今はまだ辺境といえる北の端から、普通の田舎といった所に出てきたところだけど、少しずつ人が多くなって町も大きい所が多くなった。

私たちはあちこちを観光しながらもノンビリ旅を続けている。

「あんなレベルの魔術師が『君は万能ではない』って言っていたのが気になるんだよなあ。随分買ってるよな。てことはお前さんの目の方が本来の能力なんだろう。でもなんで他とのバランスがこんなに悪いんだろうなー」

とかたまに言い出すくらいで、おっさんは他はいたって今までと変わらない態度だった。正直助かる。

あと、折に触れてカイロスさんは自分の火の魔術を教えてくれているのだけど、今のところ一向に成果は出ていない。

まあ、これは適性がないってことなのでは？

そんな話をしながらも、テクテク旅路を進んでいたある日、火の鳥イカロスがどこからか帰ってきた。

姿は見えなくて、今は黄色い光の玉っぽいけれど。

私も気配でイカロスとわかるようになったよ。成長したね！

ギューンと光の玉が飛んできたかと思うと、直前で減速して、フワリとおっさんの腕に乗る。

実はおっさん、今までもこの状態のイカロスはちょくちょく出していたらしい。

実体化していないから、魔力のない人、つまりほとんどの人には見えないから便利だそうで。

はい、私も以前は全く気付いていなかったです。

イカロスはおっさんの腕に止まると、報告を始めた。

『報告～。該当者なし。伝言～。そんなヤツいるのかよ！　俺も見てみたいわ！　本当に存在するならな！』

おっさんがイカロスにご褒美《ほうび》の火を食べさせながら、気まずい顔でこっちを見た。

「あー……お前さんの旦那なんだがな」

「あ、うん。聞いてた」

「はっ？」

の？

該当者なしって、どうせ「だんなさま」の身元を探ってわからなかったってことでしょ？　違うの？

なんだか、おっさんと仲がよさそうなコメントが微笑ましいなー、なんてほのぼのまでしていたんだけど。え？　えっ？　なんでそんなに目が吊り上がってるの!?

「お前、なんでイカロスの言葉がわかるんだよ！　普通は鳴き声にしか聞こえねえだろ！」

へっ？

いや、喋っていたよね？

「魔獣の言葉がわかるっていうことは、魔獣を扱う能力があるってことなんだが？　で、そんな能力、うちの一族以外に聞いたことねえんだが？」

え、そうなの？

「……おいお前、ハッタリじゃーねーだろーな!?」

あれ？　私またやっちゃった？

そんなに驚くことだったの!?

ええ!?

えーと、…どうしよう？

「ええと、カイロスさんの一族って、凄いんだねぇ！　あはははは〜……」

えーん、おっさんの視線が痛いよー。

◆◆◆

「はい、こんにちはー」

こんにちは……。

「私はシエルです。よろしくねー」

はい、よろしくお願いします……。

カイロスさんの張った結界の中で。

おっさんの腕に止まっている実体化した火の鳥イカロスに、話しかけさせられているのは、なにを隠そう私です……。

隠してないね。モロワカリだね。はは……。

ちなみにイカロスはつーんとそっぽを向いて無視を決め込んでいる。

うん、知ってたよ、あんた気位高いもんね。こんな小娘の相手なんてしたくないんだろうね。うん。

「えっと、聞こえてないみたいよ？　通じないんだよー。きっと、さっきのは勘違いなんだよ。ね？」

そういうことに、しよう？　ね？　ね？

「イカロス、聞こえてはいるんだろう？」

おっさんは冷静に問いただすだけだ。

イカロスが羽をバッサバッササさせながら叫んだ。

『な、ん、で、この私がこんな小娘の相手をしなくちゃいけないのよ！　お話なんてする気はないわっ！　ビクビクして話しかけられても、返事なんてしないわよっ！　不愉快！　ふ！　ゆ！か！　いー！』

おお、おっさんが話しかけると雄弁だな。

こんなキャラだったんだね、火の鳥。おもしろー。

はいはいゴメンナサイネ～。

「で、やっぱりお前、聞こえてんじゃねーか。内容が見えてんの丸わかりだぞ。普通は怒るところじゃねーのか？　なに喜んでんだよ。相変わらずオツムがめでたいな」

ジトー。

あっ！　失敗！

ここはなに言ってんのかな？　っていう演技をする所だったのか！　うっかりした……。

つい目が泳ぐ。

「今頃誤魔化そうとしてもおせーんだよ。大抵のヤツが得意になって言いふらすのに、なに隠そうとしてんだよ。お前、目だけじゃなくて耳もよかったんだな……」

しみじみ顔を見ないでほしい……。

そんないいもんじゃないですよー……。

「ふうん？　他に、ナニが見えたり聞こえたりシテルノカナー？」

「ええ〜？　ナンニモ〜？」

やだよー、怖いよ〜！


私は！　楽しく！　旅がしたいだけなんです！


観光したりさー、温泉入ったりさー、美味しいもの食べたりさー、したいだけなのよー。

面倒は御免だ。注目なんて要らない。

面倒は全力で避けるべし！　逃げても可！

「イカロス、こいつどう思う？　お前を扱えるようになりそうか？」

『はあ？　なに言ってんのよ！　全力で御免だわよ！　たとえ魔力が凄くても、私が気に入らないわ！』

「魔力は凄いのか？」

聞き返されて、火の鳥なのにシオシオとなった。

やだ可愛い〜。

『実はよくわからないのよ。この小娘の魔力はよく見えないの。なんかモヤモヤしているのよう……』

カイロスさんが眉間にシワを寄せて考え込んでいる。

シャドウさんの癖がうつってない？

「瞬時に相手の魔力を判断出来るのがお前たち魔獣の特徴だろうがよ。それが見えないって、そんなことあるのか？」

あっ！　おっさん勝手に私の魔力を測ろうとしたな⁉

酷くない⁉

抗議だ抗議！

プライバシーの侵害だ！

『こんなこと初めてよう。でもこの小娘、火魔術ぜんぜんダメじゃないの。だったらどうせ私は従わないわよう？』

だから関係ないわとばかりにそっぽを向いてしまった。

おお～可愛いー。

小さい子って、なんでこんなになにをしても可愛いんだろうね！

「シエル、お前も大概おかしいぞ。普通はこいつの周りからは死に物狂いで逃げるもんだぞ。お前には畏怖《いふ》ってえ感情がないのかよ」

いやそんな溜め息をつかれても。

いいじゃん可愛いものは可愛いって言ってもさー。

そのうろんな目ヤメテ。

「はあしょーがねーなー。イカロス、お前、しばらく姿を消してこいつの周りを飛んでれば？　そしたらなんかわかるかもしれねえぞ」

ちょっと！　そんなセンサーでスキャンするみたいなことやめてよ！

私のプライバシーどこ行った⁉

絶対反対！　やめろったらヤメロ。

『えーまあ飛ぶのはいいけどー。でも今はよした方がいいわね。もうすぐ着く町、今、水不足で超乾燥しているから！　私が飛んでいて火事にでもなったら困るでしょ？』

あ、上手いこと逃げた！　偉い！　賢い子！

「はあ？　水不足？　ここら辺でそんなの聞いたことねーぞ？」

おっさんは首を傾げていた。

ということは。

私は、なんとなーく嫌な予感がしないでもない。

まさか……

まさかね？


夕方にはその町、タカルカスに私たちは入った。

確かに町の周りを囲む畑という畑が明らかに水不足で壊滅寸前といった感じだ。

食料にダメージあるのはつらい。

町の中もなんとなく不安げな雰囲気だ。

しかしシャドウさんのいない今、私は学んだ。

慎重になるのだ。

魔力を広げて様子を見ていいのは、お部屋で一人の時だけ！

瞳が銀色になっちゃうからね！

と、いうことで、宿屋に入ってすぐに、町の情報を集めに行くおっさんを送り出し、私はそそくさと自分のお部屋に籠った。

しかし考えてみれば、おっさんも行く町行く町でやたらと情報を仕入れてるな。

なんだろう、趣味なのかな？

それとも仕事のネタでも探してる？

まあいいや。

今！　私がやりたいのは、ズバリ！

この日照りが、あの『龍の巣亭』で抜いたトゲのせいかどうかを調べることです。

しくしくしくしく。

もうやだよー。ホンの出来心だったんですぅ。

でも、自分のせいで関係のない人たちが苦しむのも嫌なんですよ。

しかも苦しむだけでなく。

下手すると町ごと滅んじゃうやつじゃん！　水の問題って！

深ーく溜め息をついてから、シャドウさんがやっていたのを思い出して、見よう見まねで結界を張った。

見えないように。聞こえないように。全てを漏らさないように。

部屋全体に鍵を掛ける。

「カチリ」

と頭の中に音がした。
おっ、私、やれば出来る子～。よしよし。
では。
部屋の真ん中に立って、意識を上へ向けていく。
屋根を抜け、雲を抜けて。上空から地上を見下ろす。
シャドウさんがいないから、気を付けて。
本来の自分の周りにもうすーく意識を留まらせておく。
長い黒髪が、体の周りを巡る風に吹かれて乱れ飛んでいる。
大丈夫、大丈夫。髪はまだ黒い。
上空から『龍の巣亭』を捜す。
結構遠くに来たなあ。随分向こうにある。
綺麗に細くエネルギーが吹き上がっている。
その流れを追ってこちら側まで辿ってみる。
うーん、淀みやおかしな渦なんかは見当たらないなー。
いたって正常に、見える。
よかった。私のせいじゃない！
その時、
「おーい、飯行くぞー」
とおっさんがドアをノックする音がした。

急いで意識を戻す。

よかった、意識を残しておいて！

私は返事をしたあと、いそいそと夕食に行った。


「町の様子はどうだった？」

もはや新しい町に着いた最初の行動となった、おっさんの情報収集の成果を聞く。

「あ？　ああ、やっぱり水不足が深刻だな。随分雨が降ってないらしい。昔は水が不足しやすい土地だったらしいが、どうやらここ百年くらいは雨が降るようになっていたから、町も大きくなって活気も出ていたんだが。なのに今年、というか最近になって、どうも突然昔みたいな状態に戻ったみたいだな」

へ、へえ～？

百年とかいう言葉にちょっと嫌な予感がしないでもないけど、どうなんだろう？

目を泳がす私をジトーっと見ながら、おっさんが追撃をしてきた。

「どうも、雨が目に見えて降らなくなり始めた時期が、俺たちがタルクの町を出た辺りなんだよなあ？」

へ、へえー？

おっさんが意味深な目を向けてくる。

「お前、あの旦那の影呼べねえの？　奴ならなんとか出来るんじゃねえか？　てか、元はと言えばあいつが原因なんだろ？」

やっぱりそう思うよね⁉

つまり、〃私が〃原因なんですね⁉

そんな気がしてたよー。

しくしくしくしく。

「シャドウさんもだんなさまも、もう、気配もないよ。呼ぶとか、無理」

がっくり。


多分あれだな、あのトゲのせいかダムのせいかで、エネルギーの流れがこっちに変わっていたんだね。

なのに、その流れが元に戻ったから、元の水の少ない状態に戻ったんだろう。

凄いね、自然って。全部が繋がって影響しあっているんだね。

いじっちゃダメってことだよ。もー。

とりあえず、明日はカイロスさんが町を案内してもらう約束を取り付けたらしいので、私もくっついていくことにした。

◆◆◆

タカルカスという町は、主に農作物の輸出と装飾品の細工物が特産の、それなりに大きな町だった。

キラキラしたお店がたくさんあって歩いていて楽しい。

でも、行き交う人たちの表情は暗かった。

「水不足に悩まされていた昔は、井戸と溜め池を造って水不足の対策をしていたのですが、ハイ、この百年で枯れてしまった井戸も多くてですね、ハイ。今まではそれでも雨が降っていたので問題はなかったのですが、いやはやあまりにも突然でして今回、ハイ」

汗を拭き拭き案内をしてくれているのは、どんな伝《つて》を使ったのか、町長さんだった。

なんでこんなトップが出てきているんだ？

おっさん、まさか裏で脅したりしてないよね!?

「あー、いざ水不足になってみたら、使える井戸が足りなかったのか。闇雲に掘っても、今んとこ成果ないみたいだしなぁ」

おっさんが真面目に町長さんと話し合っている。

なんで対等？

魔術師って、そんなに社会的地位が高いのかしらん？

あ、でもおっさんは、王都の魔術師団に入れるくらいっていつか自慢していたっけ。それかな？

まあ、付いては来たけれど、政治的なことはさっぱりなので、私はこの土地を眺めるしかやることがない。

なにか出来ればいいんだけどね。

でも、これが自然としては正常な状態なのに、それを魔術でねじ曲げることはしたくない。

あのトゲは醜かった。
ダムも異質で異様だった。
そしてその影響は限りなく広がって、たくさんの人々の生活を歪めてしまう。
それはやってはいけないことなのだと思うのだ。
水ねぇ……。
しょうがないのでなんとなく地面を見ていたら。
ん？　なんか微かな流れを感じるよ？
じっと見てみる。
地面の奥。ずっと下。
みっしりと詰まっている土の下で、流れがある。
細い。
これは、水か。地下水。
いてっ。両目にぺちっと手のひらで叩かれたような衝撃があった。
おっと？
あ、また瞳が変わりそうになってたのかな？
びっくりしたー。
これ、「だんなさま」がかけた魔術の一つかな。
面倒見いいな、だんなさま。ありがたい。
危ない危ない。

ちょっとどうするか考えて、あ、そうか。

眼を瞑《つむ》れば瞳が見られることはないわね。

改めて眼を瞑ってから、集中して今見た地下水の流れを追ってみた。上流へ、そして下流へ。

太い流れを探す。地上は水不足でも、地下にはそれなりに水が流れていた。

ある程度太い、そして浅い所にある流れはどこだ。

この近くでは……。

「あそこ」

距離を測って指をさしながら、意識を戻して目を開ける。

「なんだ、どうしたシエル」

おっさんがこっちに気付いた。

「あそこに……」

言いかけて詰まる。なんて言えばいい？


水脈のことなんて言い出したら、この能力がバレるよ!?

おっさんも町長さんもお付きの役人さんたちも、みんなこっちを見てる。

どうする!?　わたし!?

私は凍り付いた。

面倒は御免だ！　という声と。

井戸があれば助かる人がたくさんいる、という声と。

どちらも正直な気持ち。


どうする？　どうする！

私は………。


私は………………………………。

私は!!


通りすがりの旅人！

ちょっと水脈が見える、ただの名もなき旅人です！

そういうことで!!


そして、半泣きになりながら言った。

「あそこに井戸を掘ったら水が出ます」

半信半疑なカイロスさんと町長さんと、あと何人かの役所の人らしい人たちを連れて、見つけたポイントに立った。

目を瞑ってもう一度確認する。あ、ちょっとズレてた。

修正。

うん。ここ。

「ここ、掘ると水が出ます。井戸におすすめです」

みんなポカーンとしている。

あれ、突然過ぎた⁉

うん。そうだよね！　わかる！

嘘つき呼ばわりされたらどうしよう⁉

突然怖くなって、本格的に泣きそうになった時、カイロスさんが助けてくれた。

「シエルが言うなら、掘ってみよう」

町長が滝汗かいてるよ、大丈夫かな⁉

「誰かシエルが立っている所に印を付けろ。そんで、真っ先に井戸を掘る準備をしよう。なあ、町長？」

「そ、そうですね。闇雲に掘るよりは可能性が少しでもある所にした方が……」

町長に同行していたお役人が、私の足元に印を付け始めた。

「シエル、他にも探せるか？」

は？　え？　信じてくれるの⁉

「お前、目がいいからな」

やだおっさん、カッコイイ！

その後、おっさんと役人さんを数人連れて、町中と、その周りの農地で井戸にいいポイントを探し回ることになったのだった。

ゼエゼエ。

数日後、無事に掘った井戸の全てから水が出たとの報告が来た。

井戸掘るの早いな！

さすが昔掘りまくっていた歴史があると違う！

まあ今回は町中の人を動員したらしいけど。

いやあよかったよー！

別に出ないとは思っていなかったけど、他の人たちはそうは思っていないからね。

周りからの怪しい奴を見る目がそれはそれはつらかったよ……。

ちょっと最後はお部屋に引き籠《こも》っちゃったくらいつらかったよ。

はあーやれやれ。

これでおっさんの顔も潰さずに済んだ。

なんか、怒濤のこの数日のお陰で、最初の葛藤《かっとう》がなんだったのかと思え――

「さて、シエル。ちょっと話をしようか。オレの部屋がいいか？　それともお前の部屋にするか？」

ないですー！

どうしよう怖いー！

誤魔化せる気が全くしないよーぇーん！

「はい、すみません、見えました。水脈がね、こう、流れていたんです」

数分後、正直に、ゲロっている私がいましたとさ。

しくしくしくしく。

◆◆◆

「ほーう？　今回初めて水脈が見えたんデスカソウデスカへー」

うんうんうん。

「それにしてはやたら正確だったのはナゼナノカナー？」

わかりません！

というか、正確なのはおかしいんですか先生！

すっかり不信感丸出しのカイロスさんには、どうやったら信じてもらえるのでしょうか？

私は正直に話しました！

「普通、覚醒したての魔術なんざ不安定なもんだろう。だいたい教わらないで覚醒なんて、そう滅多にあるもんじゃねーぞ！　ダレに教えてモラッタノカナー？　あのお前の旦那の影か？」

だーかーら、お水のことを考えながら地面を見ていたら、なんか見えちゃったんだってば！

私もびっくりして、思わず黙っていようかと思ったくらいです！

「まあ最初涙目になっていたもんなあ、お前さん……」

今もちょっと涙目ですよ。

そして騒がれたくはないので、もう早くこの町を出たいです。

注目要らない。ノーサンキュー。

のんびり食べ歩きも出来やしない。

「あー、それは二、三日待ってもらうことなるな。なんか町長が今回のお礼に食事に招待したいそうだぞ」

えー、面倒……。

「おい、オレの顔を潰すなよー。今お前、『セシルの再来』って言われてるんだぞ」

は？　なに？

なんか今聞き覚えのある名前が……。

「なんですか、その『セシルの再来』って？」

「この町の最初の井戸を造った、むかーし昔の人だよ。『海の女神』。なに、セシル知らねえの？」

え、その人は知らない。

有名人が同名さんなんて光栄です。

よくある名前なのかしら？　私の本名って。

「はるか昔はセシルがですね、今回のようにどこからともなくやってきて、この町で最初の井戸を掘る場所を教えてくださったのですよ、ハイ。今のこの町があるのも全てはセシルのお陰。それは間違いありません。ですが！」

汗を拭き拭き町長が、大袈裟《おおげさ》な身ぶりで演説している。

この人役者だなー。なにを考えているのかちょっとわからない感じの人だ。

「今日この時から！　シエルさんの功績も一緒に語り継がれるものと私は確信しております！　あなたを第二の『海の女神』とお呼びしてもよろしいでしょうか？」

いや、遠慮します。

とも言えないので、しょうがないから微笑んでおこう。

ああ頑張れ私の表情筋！

「まさにこれからは！　いにしえのセシルと現代のシエルさん、我が町はこの二人の女神に愛された町となるのです！　ハイ！」

今回の井戸掘りの功績者として、只今町長夫妻主宰の晩餐会《ばんさんかい》にお呼ばれしております。

町のお偉いさん十数人と町長夫妻、そしてカイロスさんと私。

目の前のご馳走《ちそう》も、自分に突き刺さるいくつもの視線が痛くて全く楽しめそうにありません！

「この感謝の気持ちを表すために、私はぜひこの品を彼女に贈りたいと思いますハイ」

パチパチパチパチ。

「シエルさん、どうぞこちらへ！」

有無を言わさず呼びつけられる私。はあ。

「これは私の家に代々伝わるブローチです。非常に珍しい大粒のルビーと金を、我が町最高の技術で加工した一品でございます、ハイ。ぜひあなたの人生を、このブローチが少しでも飾ることが出来ましたら幸せです！」

「ありがとうございます……」

パチパチパチパチ。

って、これ、受け取らなきゃダメなヤツよね？

空気読まなきゃ駄目なヤツよね？

ルビーの赤が霞むほど、もうもうと黒い煙が上がっているんですけど！

なんの呪い！　これ！

心から要らない!!

でも。

ああ……視線が痛いーしくしくしくしく。

渋々受け取って席に戻ろうとしたら。

「私が今お着けしましょう。きっとお似合いです！」

と町長が寄ってきた。

「あ、いえ、そんなもったいないので、結構です……」

「いえそんなことはありません！　もうこれはあなたのものなのですから！　どうぞ遠慮なさらず。さあさ」

「いえいえ、そんな。本当に今は……」

「まあ、わたくしぜひそのブローチを着けたところが見たいですわ！　きっと素敵です！　あなた、ぜひ着けて差し上げて？」

ちょ、町長夫人⁉

余計なことを言わないで！

ああ！　この流れ！　着けざるを得ない感じーしくしくしく。

呪いが発動したくてウズウズしている雰囲気が満々なんだよー。着けたら絶対なにか起こるよー。

どうすればいい⁉

「あ、では自分で……。そんな町長さんのお手を煩《わずら》わすのは申し訳ありませんから！」

とりあえず着けながらどうにかするしかない！

もう必死だよ！

「なにをおっしゃいます。遠慮なんていいんですよ？」

と、町長さんの手がブローチを取ろうとして私の手に触れた、とたん。

バチッ‼

と火花が上がった。

町長さんが衝撃で後ろに吹っ飛ぶ。

え？　えっ⁉

その時、カイロスさんが爆笑した。

「だははは！　町長、そういえばシエルには誰も触れないように魔術がかかっていたんだったわ！　俺も今まで忘れてたが、確かに言ってたわ！　気を付けろー」

あ、「だんなさま」の魔術か！

って、おっさん！　言葉使いどうにかして！

そして私は、

「あ、大丈夫ですか？　お怪我は？」

とか言いつつ、さりげなくブローチを握りしめ、力一杯！　強力に！　ブローチに結界を張ったのだった。

『ぜえったいに！　ココカラ出るな！』

「カチリ」

よし！


だんなさまの防御魔術？　のお陰で、その後は町長に絡まれることなく、比較的穏やかに過ごせました。

やれやれ。


これ、捨てちゃ駄目かな？

◆◆◆

「シエルさん、一体何に結界を張っていたんですかねえ？」

町長の家からの帰り道、おっさんが早速聞いてくる。

ホント目ざといな！

しかし、さすがに私としても初めての事態、相談するべきか否か迷うところではある。が。

「いや〜ちょっとここでは、ね〜」

思わず誤魔化してしまった。

一度、じっくり視《み》てみたい。

だって、どんな呪いか知りたいじゃない？

やってみたくない？　やりたいよね？

でもカイロスさんが言うには、そんな簡単には出来ないことらしいので、呪いを視てみたいなんて言ったらまたなにを言われるか。

こっそりやろう。

「なんだよ。じゃあ宿に帰ったら……」

「いやもう寝るから！　もう遅いし！　明日以降で！」

「おい！　なんだよ気になるだろーが！」

「やだよどうせ長くなるじゃんかー。寝させて！」

ここは譲らないよ！

食い下がるおっさんを締め出して、なんとか部屋に鍵を掛けた。よし、勝った。

おっさんを完全に閉め出すために、部屋に結界もしっかり張りましょう。

なんにも出さない、入れないよ。

「カチリ」

では早速。

最初の状態を見る限り、結界がなくても突然襲ってくることはないだろうと思う。

一応慎重に机の上に置いてから、身構えつつ、結界を消す。解除。

「カチャ」

とたんに黒煙がモウモウと上がった。

うわあ、禍禍しい……。

さて、どうするか。

とりあえず、手をかざしてみる。

うへえ、冷たー。

おっさんの膝の呪いの時は、力ずくで消しちゃったけど、今回は集中して呪いを感じてみる。

なんて言ってる？

どうしたいの？

すると、聞こえてきたのは、

『オレノイウコトヲキケ』

『ゼッタイフクジュウ』

うーん、人を操る系かな？

このブローチを着けたら、誰かの言いなりになっちゃうのかな。

って、誰の？

もう少し深く視てみる。

今誰がこのブローチを気にかけている？

すると、映像が見えてきた。

懐かしいな、シャドウさんの千里眼だ、これ。

「あとは着けさせるだけだったのに！　くそっ。なんだあの魔術！　忌々《いまいま》しい」

悪態をついているのは、町長だった。

まあそうかなとは思ったけどね。

「まあまあ、女性ならあんな綺麗で高価な宝石を、一度も着けないなんて出来ませんよ。宿に帰って一人になったら、絶対に着けてみるに決まってます！　あなたは明日彼女に会って、私が主人だと言えばいいんですよ」

夫人もグルかー。

なにをさせたいんだ、私に。

「彼女が本当にセシルと同じ能力なら、地下水も雨も嵐も自由自在だ。これは凄いぞ。あんな宝石だって山ほど作れるし、呪いの種類もなんでもござれ。暗殺だって恐喝だって、彼女なら簡単だ！　なんでもやってもらえるな。俺は、こんな小さな町の町長なんかで終わる男じゃあないんだよ！　はあっはっはっはー！」

って、悪代官かよ。

不愉快だわー。

しっかし、その昔のセシルさん、凄い人だね。

長い間に盛大に尾ヒレがついたんじゃないの？

偉人にどんどん人間離れしたエピソードが追加されていくみたいなやつ。

まあいいや。あっちは放っておこう。害はなさそうだから。

問題はこの呪いよね。

触っていてわかったのは、多分、これ、消せる。

蹴散らせばイケると思う。

だけど。

呪いをかけた人の気配を探したら、誰がかけたかわかるかな？

んー……。

ぼんやり？　あ、でも視えても、どのみち知らない人だったー。てへー。

でも、視えたのは、ずる賢そうなおじさんだ。

悪意が服を着ているような。うわあ、嫌だ……。

まあ呪い自体も古そうだし、かけた人ももういないかもね、この世に。辿ってみる？　繋がりを……遡って……。

あらやだ、生きてるっぽい。

うへえ、一生会いませんように。なむー。

やっぱり危険には変わりないから、消しておいた方がよさそうか？

あ、でもかけた魔術師が生きているなら、これ、消したら向こうにバレるのかな⁉

だとしたら危険じゃない？

報復なんで絶対にゴメンだ。

どうしよう。わからんー！

困った。

これは……カイロスさんの良心を信じて相談するべきか……？

厄介そうな魔術師なんて、間違っても敵に回したくない。

性格がネジ曲がった人となんて、絶対に絶対にかかわり合いたくない。

でもカイロスさんと、どっちが厄介だろう？

大喜びで「これくれよー」とか言いそうなんだけど……。

と、とりあえず、また結界張って、今日は寝ようかな。

結局、朝一でおっさんの部屋をノックした。

やっぱり考えたんですが、暗殺だの恐喝だの本気で言っている人や、そんな人に呪いを提供しちゃう人よりかはカイロスさんの方が安全ではないかと。

おっさんは私利私欲で人を殺したりする人ではない……と、思う……。

平気で脅したりはしそうだけどね！

そして今にも町長が私を操ろうと押し掛けてくる気がして、気が気じゃない。

そんなことになったら面倒だ。

おっさんの部屋に避難も兼ねる。

寝ぼけ眼《まなこ》で出てくるかと思ったけれど、おっさんは朝からシャッキリ元気だった。

ニヤリとしてから部屋に入れてくれる。

「昨日の件だろう？　一人では手に余ったか？」

くそう。でもその通りです。

おっさんが部屋に結界を張る。

さて、どこまで話すのがいいでしょうか。

この期に及んでも、私はまだ出来るだけおとなしく平穏に暮らしたいのだ。そしてそのためには
なにも知らないフリが一番だとも思っている。

とりあえずブローチを取り出して机に置く。

そして結界を、オフ。

「カチャ」

煙の勢いは相変わらずだ。

「なんか妙に迫力のあるルビーだな。魔術がかかってるのか」

おっさんは手に乗せてしげしげと見つめる。

「呪いがかかっているのよ。それはもう黒々と。どうやら人を操る系のやつみたい」

おっさんが私を見る目が怖い。

「いつわかった？」

「呪いだなと思ったのは、ブローチを見た時。内容は部屋に帰ってから」

まあ、呪いが見えるのは知っているからね、この人。

「呪いの内容がわかったってことは、誰が首謀者なのかもわかるのか？」

「町長と夫人」

「夫人もかよ！　どうしてわかった？」

「……視た」

「…………相変わらずいい目してるじゃねえか」

ふーっと、おっさんが溜め息をついた。

「多分今日、私が呪いにかかっていると思っているから、町長が言うことを聞けって言いに来ると思う。めんどくさい」

「嫌がる理由それかよ。相変わらずだな」

あれ、なんかガックリしちゃった。

私は真剣なのよ？

そんなことを言っていたら、早速。

コンコンコンコン。

「シエルさん、申し訳ありませんが、折り入ってお願いがございまして。お話があるのですが」

来たよー町長！

この時間の早さが強欲さを際立たせている気がするよ！

はっはっは！　残念だったな！

その部屋は空だ！

とか言っている場合じゃあないかー。

しくしくしく。

めんどくさいよー。

◆◆◆

「早いな。真っ先に顔を見て呪いで拘束したいんだなー。どうするシエル、呪い、かかってみるか？」

めっそうもない！

「オレが思うに、この呪い、多分お前の旦那の防御魔術で弾かれると思うんだよね」

あ、それはあるかも。

あれだけいろいろ魔術をかけて、呪いに対抗するものをかけていないとは思えないよね。

そしてどう考えても「だんなさま」の魔術の方が強そう。

「だからさ。呪いにかかったフリ。ちょっとね～？　やってほしい仕事があるんだよねえ～？」

って。

おっさんの笑顔が黒いよ？

面倒事のにおいがプンプンするよ!?

私は平穏に過ごしたいのよ!?

そんなの御免に決まってるでしょうが！

ドンドンドンドン！

「シエルさーん！　起きてくださーい！」

あ、忘れてた。

「じゃあ、今はあの町長追っ払ってやるから、その後話を聞いてもらおうか。ちょっと待ってろ」

ええ……めんどうー。でも私にこのおっさんを止められるはずもなく。

キイガチャ。

「町長うるせぇーんだよ。シエルなら多分散歩だ。一時間は戻らねーぞ」

バタン。

あ、静かになった。

ていうか町のトップに向かって大丈夫なのかその口のきき方……。

「さて、そこに座ってくれ。逃げるなよ？」

えーん、捕まりましたーしくしくしくしく。


「監査官？」

「そう。実はオレ、各地の行政がちゃんとお仕事しているかどうか調べるお仕事しているのよー。このお仕事ならあっちこっち旅が出来て、お給料ももらえて美味しいだろ？」

ちょこちょこ小遣い稼ぎもしているのは置いておいて。

もしかして町長がこのおっさんに強く出られないのはその肩書きがあったからか。

「で、ここの町長が怪しげなことを考えて、実際お前に呪いのブローチ渡すとか行動に出ちゃっているとなると、さすがにお仕事上放ってはおけないんだよ。だけど、首を飛ばすには弱い。知らなかったで通される。だ、か、ら」

ニヤリ。

「ちょーっと呪いにかかってもらってだな、あの町長から真っ黒ーい命令何個か引き出してよ。いやー助かるぜ！　お仕事が捗《はかど》って嬉しいな～」

え――――――。

「コレね、持っていて。会話がオレに筒抜けになって、ついでに録音機能もある便利な石。ペンダントになっているから、こっそり提げといてね。あ、大丈夫大丈夫、なんかあったらちゃんと助けに行くからね～」

勝手に話が進んでいくよ？

いつまでやるの？　本当にヤバくなったらどうするの!?

暗殺とかやだよ私！　出来ないけど！

「大丈夫だよ～。そんなの出来ないって答えればー。どうせあの町長も呪いにかかったかどうかなんて見分けがつかないだろうから、適当にのらりくらりしておけばいいよ」

って、そりゃーカイロスのおっさんの得意技であって、私は出来る気がしないです！

「じゃあ、暗号決めとこう！　本当の本当にヤバい時は、そうだな、『だんなさまー！　助けてー』って叫ぼうか。そしたら助けに行ってやるよ」

なんだそれ！　だんなさまは別の人なんだけど！

「はいこれ提げてねー。じゃあ、ブローチ着けようかー。え？　嫌？　でもこれ着けないと説得力ねえよ？　あ、嫌ならまた結界張っとけば？」

他人事だと思って!!

私は泣く泣くまた結界を張ったのでした。しくしくしくしくしく。

町長ゆるすまじ。

コンコンコンコン。

「すみません、シエルさん、ちょっとお願いがありまして」

はあー……。

ふかーく溜め息をついたあと、私はドアを開けた。

「おはようございます、町長さん。こんな朝早くにどうされました？」

頑張れ私の表情筋。

「本当に申し訳ないです！　ハイ。でもちょっと火急《かきゅう》のお願いがございまして……」

と言いつつキョロキョロ辺りをうかがっている。

今は誰も見当たらない。

「……『私が主人だ』」

？

……ああ！　これが呪いを発動させる呪文なんだな、きっと。

うへえ、胸くそ悪い。

しょうがない、乗ってやるよ。

「はい」

私が返事をすると、わかりやすく目を輝かせて町長が喜んだ。ちょろい。

「ありがとうございます！　シエルさん！　では早速私の家に来てください！」

多分隣の部屋のおっさんに聞かせるためだろう、必要以上に大きな声で言ったのだった。

今頃おっさんが、耳をキーンとさせていたらいいのに。

「まあああ！　ようこそ！　シエルさんにいらしていただけるなんて、なんて光栄なんでしょう！」

夫人もわかりやすく大喜びだ。

そして通された部屋のドアが閉まったとたんに、この二人は態度をひっくり返した。

町長なんてテンプレのように椅子に座ってふんぞり返った。

「ではシエル、早速私の命令を聞いてもらおうかな」

頑張れ私の表情筋！　眉間の力を抜くんだ！

「はい」

もうニッコリなんてしなくていいよね。消せ。表情を消すんだ……。

「まずは、あの監査官の記憶を変えられるか？　このタカルカスが素晴らしい町だったという記憶にしてこい」

出来るかよ！　人の記憶だよ！

「はい」

歯が浮くよ〜嘘キモチワルイ。

まあ、この命令は口裏を合わせればいいから大丈夫だね。

「あ、あと今日はこの町に雨を降らせろ。町が乾いていると疑われる」

「はい」

え、どうしよう？

まあ、いいか。あとで出来ませんでしたでも。

プライド？　ないですー。

「では行ってきます」

とっとと逃げよう！


「ということなんで、口裏合わせですよー。もうよくない？　この指示で作為があるの丸わかりじゃない？」

おっさんの部屋で。ニヤニヤ喜んでいるおっさんが非常に不愉快です！

でも盗聴ペンダントはちゃんと仕事をしているようですな。

「まあまあ、もう少し泳がせてみようぜ。どこまで行くか楽しみだな、あの狸」

やめてよー、私の精神がゴリゴリ削られているんですが！

「まあまあ。雨も降らせてやれよ。レッツトライ！」

「出来るわけないでしょー。やろうと思ったこともないわ！　どうやるのかも知らないから！」

もー本当に楽しんでいるなこのおっさん。きっと天職なんだろう。

雨なんて降らせられるわけ……あ、でもやませたことはあるか。

……あの反対をやればいいのかな？

え、ちょっとおもしろそう？

「……部屋に帰るわ。町長が来たら、部屋で雨降らしの魔術を頑張っているんだって言っといて。

それくらいしてくれるよね？　私はもう午前中はサボるからね！　早く帰っても次の命令が待っているだけじゃないか。あ、これ返す。こんなもの部屋に入れたくないから。プライバシーは大事」

と、言いながら盗聴ペンダントをおっさんに返す。

じゃあおやすみ～と言って私は部屋に籠った。

結界を張る。絶対誰にも見せないよ。

「カチリ」

でも雲を掴むような話だよねぇ、雨とか。

ベッドに寝っ転がりながら考える。

雨がやまないタルクの町は、上空に『龍の巣亭』からのエネルギーが溜まっていた。

エネルギーを探さないとかな。

あ、そうか、他の雨が降っている地域の空を見てみればなにかわかるかな。

そして意識を上空へと向ける。

髪が吹き始めた風に乗って暴れるのを感じながら、私はどんどん上っていった。

雲を探そう。ここら辺にはない。

遠くを探す。

ぐるっと見回して……あ、あの山の向こうで降っている。風上にある山。

なるほど、雲がこの山にぶつかって、ここで雨を降らせてしまうからこっちには雨が降らないのか。

んー、じゃあこの雲をこっちに持ってこれないかな。

今日一日雲の場所が違うくらいなら、他の地域への影響も少ないよね、きっと。

私は手を伸ばして、雨を降らせている雲を、水を掬《すく》うように持ち上げてみた。

お？　動くじゃーん。

雲はふんわりと私の手の中に収まって、ほんのり温かかった。

ふふっ。何故か可愛いと思ってしまう。雲に。何故だ。

そのまま雲を、慎重にこのタカルカスの上空に持ってきて……ふんわり置く。

あ、上空の風に吹かれてしまうな。どうしよう？

風を避けるためにちょっと低めに雲を置いて。

その雲に、そうだな、ちょっとそこにいて、という気持ちで軽く結界を張ってみようか。

結界というより封印だな、これ。

お？　動かなくなったぞ。よしよし。

でもまだ雨は降っていない。足りないのかな？

よくよく見ると雲の周りから、凄い勢いで水気が拡散している。

ああ、乾燥していたからね、ここらへん。

じゃあもうちょっと……。

私はしばらくの間、山の向こうから雲を掬っては持ってくるを繰り返したのだった。

◆◆◆

毒を食らわば皿まで。

私は昼になる前に、盗聴ペンダントを装備して町長の所に戻った。

不本意だが仕方がない。

ご飯くらいは出るかしらなんて期待したんだけど。

結果は。

「遅かったじゃないか！　仕事を終わらせたらすぐに戻ってこい！　モタモタするな！　お前にやってもらうことは山ほどあるんだからな！」

という台詞だけで、ご飯はなかった。

「食事なんて仕事の合間に適当に勝手に食べろ」

とのことですよ。

聞きました？　カイロスさん。パワハラですわよ、パワハラ！　ちゃんと記録しておいてね!!

「もう少し長くは降らせられないのか？　こんなんじゃ小雨だろう。期待はずれだな」

「雲を留まらせるのは難しいんです」

……と、いうことにする。自然を操作するのは極力避けたい。

「『海の女神』だったらもっと降らせられるだろう！」

「私は『海の女神』ではありません」

そこはきっちり線引きしようか。

そんな伝説と比べられても困る。

「チッ。思ったより使えないな。お前、他になにが出来る」

「特になにも」

「なにもじゃないだろう！　そんな能無しなんて要らないんだよ！」

じゃあ解任してくださいよー。もう。

いちいち怒鳴られるのも嫌なんですよ。早く終わらないかな。

町長はでもそんな気はないらしく、ニヤリとして言った。

「よしわかった。ならば最初に大きな仕事をやるから、それで覚悟を決めろ。お前、これから副町長の所に行って、あいつを殺してこい。それくらい出来ないと今後困るんだよ。これからそういう仕事が増えるんだから、慣れてもらわないとな。お前の顔は知っているから喜んで迎えてくれるだろう。頃合いを見計らってさっさとやれ。お前には簡単だろう？」

えええええ！　言っちゃったよこの人！

さらっと言いやがったよ！　早かったな！

コイツ人の心がないのか⁉

聞きました？　カイロスさん！　聞いてろよ！

まったく……。

部屋に結界も張らないでそんなことをサラッと言ってしまうあたり、こいつバカなのか？

「出来ません」

「出来ないじゃあないんだよ！　やるんだよ‼」

バアン！　あ、机さん痛そう……。かわいそうに。

「オレに見込み違いで落胆させたくなければやるんだな！」

この人、呪いで操るのと、洗脳で操るのと、混同してないか？

別に呪いは洗脳じゃあないよね。ただ本人の意思とは関係なく動かされるだけじゃないの？

嫌々従っている前提の認識がないよね？　それとも洗脳も込みの呪いだったのだろうかアレ。

なんでこんなのがあんな宝石を持っていたんだろう？

「……行ってきます」

退散。退散～！

ああ胸くそ悪い!!

言質《げんち》は取ったから、もう終わりでいいよね？

だが。

おっさんは許してくれなかった。

「もうちょっと粘ってみようか～。自分の命令が失敗した時の態度が知りたいよねえ？　だからもちろん殺さなくていいよ～」

とか言って、やっぱり楽しんでないか!?

「あったまくる！　パワハラ反対！　ふざけんな！　狸と爺、どっちもどっちだ！」

自分の部屋で。

ストレス発散しないとやってられないわ。

結界万歳。大声だって漏れないよ！

だから嫌だったんだよ。ああ首を突っ込むんじゃなかった……。
どこで分岐を間違えたんだろう？

人を殺すとか、そんな物騒なこと、やるわけないじゃないか。絶対に嫌だ。
せめてちょっと寝込んでいてもらうとか、そういう穏便な思考回路はないのか奴には。
……あれ？　でも、寝込ますって、どうやるんだろう？
あらちょっと興味が……。んんー、どうやるんだろう。
ウズウズ。

…………そうねえ？
副町長、ちょーっと実験台になってくれないかな？
あ、恨むなら町長を恨んでね。なにしろ命令だし？
大丈夫、きっと影響が残らない方法があるはず。きっとね。
副町長って、誰だっけ？
しょうがない。副町長室に意識を飛ばしてみるか。
町の役所の……あった、「副町長室」。
はいお邪魔しますー……あ、いた。そりゃあそうか、今昼間だよ。
副町長は真面目にお仕事をしていた。忙しそうだ。偉い。
なのに町長はなにやってるんだ？　自宅で。有給か？

さて、来てはみたが、これからどうすれば？

とりあえず私の意識がお邪魔しているのは気付いていないみたいだし、他に人もいない。

うーん。

寝込むといっても、ねえ。本当の病気になんてどのみち出来ないし。

……一番体に害がなさそうなのは暗示とかかな？

思い込みの激しいやつ。

やってみる？

副町長ー、って呼んでみたけど反応がない。

ならば。

ちょんちょん。肩を叩いてみた。

お、顔を上げたぞ。

目を合わわす。向こうからは見えていないけれど、むりやり意識をこっちに向けさせる。

彼の瞳に私の銀の瞳が映っている。

そしてそのまま……潜り込む。

どこだ？　どこに働きかければいい？

深い所。中心。

……見つけた。

「あなたは頭が痛くて仕事が出来なくなる。家から出られない。……三日ほど。それまでは頭が痛くてよく考えられない。三日経ったら突然よくなる」

怖いから、タイムリミットをしっかり設置。

そして細ーく糸のように繋がりを保ったまま、彼の意識から離れた。

やり過ぎていたらすぐに戻れるように。

とたんに副町長は頭を抱えて痛がり始めた。

うわあ罪悪感……。ごめんなさい副町長ー！

だが彼は家に帰るのではなく、引き出しを開けて鎮痛剤を……え、そうなる⁉

帰ろうよ！　家に！

休もうよ！　ワーカホリック反対！

あ、これ使おう。

まだ繋がっていた糸？　を使って、彼の意識に送り込む。

「薬は飲まずに家で寝るんだ」

よし、薬をしまった。

フラフラと部屋を出て、周りの人に帰宅を告げる。

よしよし。そうして。お願いだから。

どうせ町長に狙われているんだからお家《うち》にいてください……。

と、ここまできて、気が付いた。

今私、人を操らなかった？

家に帰れが通るんなら、他の指示も行けちゃうんでは？　副町長は家に帰る気が明らかになかったのに、今帰ったよね？　しかも糸を通して、わりと簡単に出来ちゃったよね？

ええっ⁉

……そんなこと、知りたくなかった。

楽しい旅にそんなものは不要だ。むしろ嫌な予感しかしない。

うっかりやるんじゃなかった！

ああ、ただただ楽しく旅がしたい……。

しくしくしくしく。

◆◆◆

「私は殺せと言ったんだ！　なにをやっているんだ！」

バアン！　ああ、机さん……。

って、出来ないっていったじゃーん。理不尽！

「すみません」

「……まあしょうがない。仕事は出来なくなったみたいだからな。このままずっと休ませてそのうち辞めてもらえばいい。お前も全く使えないわけではないな」

そう言って立ち上がると私の前に来た。

そしてニヤリと笑う。

あれ、なんだか本能的にイヤーな感じがするよ？

「他にも役に立ってもらおうか。お前には誰も触れない魔術がかかっているらしいが、自分では消せないのか？」

「はい」

「でも自分からは触れるんだろう？　……じゃあ、私にキスでもしてもらおうか」

はいい!?

町長がニヤ――ッと笑う。

い――や――――――！

絶対！　嫌！

「せっかく女に生まれたんだから、可愛がってやらないとなあ？　でも私からは触れないなら、全部自分でやってもらわないと」

無理！　限界!!

ゲームオーバー！

セクハラは無理です！

おっさん、悪い！

私は降りる！　これは無理！

「ふざけんなこの……」

その時。

ガチャ
「ハイそこまでー」

と言って、カイロスのおっさんが入ってきた。

うわあ！　いいところに来た！

でももうちょっと早かったらもっとよかったよ！

おっさんはなにやら紐らしきものを持って町長に近づく。

「はいはい、全部聞いていたからねー。もう逃げられないよ～。町長、やり過ぎたな。全部報告するから今のうちに荷物でもまとめておけば？」

町長、唖然と固まっている。

「ちなみにこの家から出ないでねー。コレ命令だからね。はいこれ発信器。自分じゃあ取れないよ？　だから逃げても無駄だからね。逃げると罪が重くなるのはわかるよね？　そのうち上からお達しが来るから、それまでここで待ってろよ？」

「はっ!?　いや……そんな！　か、彼女からやらせてくれって言ってきたんだ！　私じゃない！私じゃ……。シエル！　コイツの記憶を消せ！」

町長が唖然から立ち直ったらしい。が。

「だから、全部聞いていたって、聞いてるか？　録音もしてあるからね～」

おっさんは抵抗する町長を軽々と押さえ込んだあと、テキパキ手早く発信器らしき紐を町長の首に着けると、こっちを向いた。

「じゃあ帰るか、シエル」

「じゃあ、じゃないでしょー。はーやれやれ」

長かったよー。

たった一日なのに。

ストレスなんて大嫌いだ。

そんな私を町長が目を剥《む》いて見つめていた。


「いやー思ったより早くやらかしてくれたからさあ、ちょっと焦ったよね。発信器が間に合わないかと思ったわ。こりゃこれから一個は持ち歩いた方がいいかなー」

そ、ん、な、理由で私は翻弄《ほんろう》されていたんですかね!?

酷くないですか!? 酷いよね!?

「いやでもお陰で罪も増えたし、これで完全にあいつ終わったな。めでたしめでたし。さすがに最後はキモかったな、あの狸。へっへっへ」

なに笑っているんだよー。

泣くよ? 泣いちゃうよ?

「もうこういうことは嫌です! ライフがゴリゴリ削られたよ。こんなことがまだこれからもあるんだったら、今後は別行動にさせてもらいます。さようなら! お元気で! じゃあ私荷造りするから」

と言っておっさんの部屋を出ようとしたんだが。

「おっと、待て待て。機嫌直せって。夜デザートおごってやるからよ」

「……今日だけじゃなくて、これから一ヶ月はおごってもらわないと」

「ええ? 強欲だな……わかったわかった、しょうがない、一ヶ月おごってやるよ」

……不本意ながら商談成立したので、考え直すか考えよう。

でも次は！　ぜったいに断る！　絶対にだ！

ああ、許せん……。

「気持ち悪いから今日のお風呂もおごって」

「なんだよー強欲過ぎだろー？」

「じゃあおっさんが町長にキスすれば？」

ギロリ。

「……しょーがねーなーもー。人妻のくせに潔癖《けっぺき》なんだから……」

「さよなら。お元気で」

「おーい、待て！　悪かったよ！　はいはい、お風呂ね」

ちゃんと頼んでやるから、と約束したので、とりあえずはこの件は保留だ。

だが許しはしない！


「まあまあ、座れよ。ちょっと聞きたいことがあるんだよ。夕飯まではまだ時間があるからさ」

は？　私にはもう話すことはないよ。全部聞いていたんでしょ？

「聞いてはいたが、見てはいないからな。いいか？　質問は二つだ。一、雨はお前が降らせたんだな？　二、副町長はどうやって家に帰したんだ？」

「エ!?　グウゼンジャアナイカナー」

「ンナワケナイダロー？」

あれー？

ジトー……。

………。

「……もう今さらオレも驚かねーよ。あの旦那が執着しているのもわかる気がしてきたぞ。前から出来るのか？」

凄いジト目で溜め息をつかれたよー……。

「……はいすみません、今日初めて出来ました」

なんかもう、このおっさんに隠すのに疲れた私がいるよ……。

もうその後はどうにもこうにも。にっちもさっちも。

いえ、誰に教わったとかじゃなくて、はい、なんとなーく、こうかなーなんてやってみたら、出来ちゃったんです。はい。嘘じゃないですってー。自分でもびっくりしています。はい。

副町長？　彼は、三日経てば治ることになっていて……はい、そうですね、今治します。

ゲロゲロ吐きますよ、もう。

おっさんの目が怖いよー！　えーん。

目を瞑って副町長に繋がっていた糸を辿る。そして糸を通して「全て終わり」と送った。

とたんに暗示の手応えがなくなって、糸も消滅。これで治ったはず。終了ー。

「お前……詠唱もなしかよ。気軽にやってくれちゃって」

おっさんがまた溜め息をついたけど、もう放っておこう。むしろ詠唱しろなんて言われてもなにを言うのか知らないし。

「まあ、なんとなく出来ちゃったものに、そんなに目くじらたてなくてもー」

なんてブツブツ言っていたら。

「はああ!? なに言ってんのお前。詠唱してでも出来たらそれだけで大騒ぎになるような魔術使ってんのに、なに言っちゃってんの？ なんとなく!? そんで誰でも雨降らせたり人を操ったり出来るわけねーだろが！」

「えっそうなの!? 雲を持ってきただけだよ？ こう……掬ってね？」

「出来るかっ！」

あれ？

そうかー、これもかー。

「ちなみに、そのブローチだがな」

あっ忘れてたこれ。外しておこう……。

「よっぽど複雑に強化されているみたいだぞ。オレも一応頑張って視てみたが、二重三重に保護されていて、呪いが見えないようになってやがる。オレが触っても見えねえんだよ。そんなことが出来るのはよっぽど高位の魔術師のはずなんだがな」

あー、あの見えたおじさん、やっかいな人なんだな。うへえ……。

「そんな呪いに結界張って事実上封印なんて、呪いをかけた魔術師よりもっと力が上じゃないと出来ないんだぞ？ それをなに？ お前、準備もなしに、詠唱もなしに一瞬でやりました？」

あらー……？

「人を操るのもさ、最高級の魔術師が、普通は準備とか道具とか揃えて、本人に一服盛ってからやるようなことを、そういう過程をすっ飛ばして遠隔操作だと？　これが初対面だったら、絶対にお前をホラ吹きに認定する自信あるぞ」

はあ――。

って、また溜め息をつかれてしまった……。

「オレが昨日の夜から、どれだけの驚きを体験したかわかんねえだろうなあ」

うん。ごめんね？　全然知らなかったよ。

「お前、これからもオレが知らんぷりしていたら、どれだけのモノを見せてくれるんだろうな？」

ニヤリ。

え、やめて、そういう騙すようなことは。

あ、でもその方が表面上は楽しく平穏に旅が出来るのか？

ええ、どっちが楽なんだろう……？

第五章

「お前さあ、やっぱりオレの嫁に来ない？　その才能、欲しいわー」

「私は物じゃあありません。それに今の『だんなさま』がいいんだって言ってるでしょー？」

なに言い出しているんだ。しつこいよ。

「くそー、お前が結婚する前に知ってさえいたら、だまくらかしてでも結婚に持ち込んだのになー。悔しいなーもー！　あの旦那もそれを知っていたからいきなり求婚したんだな。くそー出遅れた」

って、だから！　そんな愛のない結婚絶対にお断りなの！　私の意思！　無視しない！

おっさん、あの「だんなさま」の百分の一も私にそういう愛情はないだろうが。

よかった、あの時私頷いておいて！　グッジョブ過去の自分。

「でもな？　別に神父の前で誓ったわけじゃあないんだろ？　じゃあ破棄《はき》出来るかもしれねえぞ、その結婚」

だから、しーまーせーんー！

どんだけしつこいんだ。

え、でも破棄出来ちゃう可能性もあるの？

それは……嫌だな。

神父の前で誓わないと結婚にならないの？

「知らないのかよ。神父の前で誓うか、王様の前で誓うか、聖魔術師の前で誓うか、だな。神父と王様は証人も認めないといけない。聖魔術師の場合は結婚の契約が結ばれたら。ただこの契約って、前の王朝のやり方だから、今その契約を結べるような聖魔術師なんていない。ことになっている」

うーん、「だんなさま」が正式って言っていたから、大丈夫だとは思うんだけど……。


「確かにこの前あの影が『結婚の契約を結んだ』とは言っていたがな、それがこの正式な聖魔術師の契約かどうかはいまいちわかんねえんだよな。今それが出来る奴なんていないはずなんだよ」

でもやり方としては残っているんだ？　不思議。

「それが、たまーにその契約で結婚している奴が見つかるんだよ。何十年に一組とか。で、国としては認めたくはないが、その契約を覆《くつがえ》すことも誰にも出来なくて、なのに認めないとそいつらが結婚も離婚も出来なくなって宙ぶらりんになっちまうだろ？　で、渋々認めている。国が目を皿のようにしてその契約を結んだ人間を探しているが、今まで見つかったためしがない。その夫婦に聞いても全く覚えていないらしいからな」

うーん、凄くレアケースなのか。契約での結婚は。

私の場合はどうなんだろう。ちょっと心配になる。

その契約でもいいからちゃんとなっていてほしいな。

早く起きないかな、「だんなさま」。

「まあ今んとこお前に触れる奴がいないから、指輪の交換も出来ねえな。もしくは自分ではめるかだ。オレの指輪はめない？　シエル」

「嫌です」

早く起きてー！　だんなさまー！

「ところで、その契約ってどんなのなの？　見えるの？」

「ああ、それは……実はオレは知ってるんだが、言っちゃいけないんだよな。どんなんだか知られると、真似して勝手する奴が出るからな。で、オレはそれを発見したら報告しないといけないから知らされている」

へえ。それもお仕事なんだね。

「じゃあ確かめる方法も知っているの？」

「知っているけどお前、触れないからなー。そうなると確かめようがないな」

そうか……。残念だな。

「一応どうするの？」

「ああ、例えばお前だったら、他の男と結婚しようとするとわかる。契約が阻止するからな」

それは一歩間違えると本当に他の人と結婚しちゃうやつですね？

確かめなんて理由で出来るやつじゃなかった。危ねえ。

「オレと結婚式挙げてみる？」

「結構です！」

そんなことしたら、あの「だんなさま」がとっても悲しい顔をしそうじゃないか。

そんな顔は見たくないです。

見えない尻尾をブンブン振って、キラキラデレデレした目で私を見ている「だんなさま」が好きなんです。

「……まあ、あの旦那、怒らせたら怖そうだからなー……やるなら十分に準備しないと」

って、やりませんってば。

このおっさんもある意味怖いよねえ……。


「お前、『海の女神』の再来って言われたの、結構的を射ているかもしれねえぞ。魔術の規模がどうやら半端ねえからな。単に記憶がなくて使えねえだけで、実はもっといろいろ出来そうだよな」

ニタニタしないでほしい。

「私は楽しく平穏に旅がしたいだけなんです。厄介事は要らないんです！　美味しく食べて楽しく観光！　それ以外には興味ないんですー」

わかって！　この思い！　世界に向かって叫んじゃうよ。

「そーんなこと言ったって、どうせまた今回みたいなことになるぜえ？　今回は小物の狸だったからいいが、この先は知らねえぞ～？　どっかで寝ている旦那より、オレにしとけってー」

お断りです！　しつこい！


あ、そうだ！　この前思い出したんだった。

よし奥の手を使おう。

「ねえねえ、それよりカイロスさん。そういえば、あの膝の呪いを解いたら、一生なんでもお願いを聞くって言ってたよね？　忠誠を尽くすって。別に今まではどうでもいいかなーと思っていたんだけど、あれ、私思い出したんだよねぇ～？」

「えー？　お前嫌なこと思い出したな……。このまま忘れてくれるかと思ってたのによー。お前の旦那に忠誠とか、うっかりしたよなー……あん時ゃオレも必死だったからなぁー……むうー」

あ、凄ーく嫌な顔をしている。よしよし。

でも認めたね？　認めましたね？

もうね、ここまでいろいろバレると、自棄《やけ》だよね。いまさら呪い解呪の一つや二つ、誤差だよね？

もはや大したことないよね!?

言っちゃってもいいよね!?

「実は、あの膝の呪い、解いたのは私でーす！」

言ってやった！　言ってやったぞー。

「は？　んなわけ…………え？」

あれ？　戸惑われてる？

「ちょっと待て？　あの呪いはなぁ、オレが、解ける人間を二十年も探し回ってずっと見つけられなかった呪いなんだぞ？　もう国中の魔術師を探し回って探し尽きていたんだぞ？　魔術師団長レベルでもダメだったんだぞっ？　それを、百歩譲って〝末裔〟が解いたってんなら伝説すげえでまだ納得出来るが、お前？　あのどっからどう見てもひよっこだった、お前？」

あら、なんか、ひよっこ呼ばわりだった。

ていうか二十年も苦しんでいたんだ。それは大変だったんだね。だからあんなにしつこかったのかー。そして確かにやたら喜んでいたな。

「いや…………でもあのブローチもあっさり結界張ってたよな、確か」

頑張りました！　あの時は必死だったよー。二度目はまあ、普通に？

「……まさか？」

「うん、私。ちょっとシャドウさんに教えてもらったけど」

あっ。なんかこの世の終わりみたいな顔をしてる。

「えー!?　それは勘弁してくれよー！　ウソだ！　オレは信じないぞ！　嫁じゃなくて主《あるじ》とか……嫌だ……！　オレは信じないからな！」

だから嫁にはなんねーよ。

「『お願いなんでも聞く』って」

「言った！　確かに言った！　嘘はつかねえよ！　でも！　まさかお前がやるとは思わなかったんだよ！　普通あの影がやると思うだろ！　普通そう思うだろ！」

うわー、本当に嫌そうだなー。うふふー。

今日一日の恨みが溶けていくわあ。

「……いや、やっぱり信じないぞ。証拠を見せろよ証拠を。そうだ！　そのブローチの呪いを解いてみせろよ」

「あ、これ？　まあ出来ると思うけど、これ、解呪したら呪いをかけた人にバレるんじゃないかと心配しているんだよね。逆恨みとかされない？」

「あ？　誰がかけたかなんてわかんねーんだから、そんなこと心配してもしょーがねーだろ」

「いや、わかったんだけど、なんか凄く嫌な感じの人みたいだから、出来たら関わり合いたくないなって」

「はっ？」

いやだから、凄く陰険そうなおじさんだから、って、なに？　また私おかしなこと言ってる？

「おーまーえー……。なんで見えるんだよ。もうおじさん泣いちゃうよ？　昨日も言ったろ。それ、すっげえ高度な呪いだって！　オレにはなんにも見えなかったって！　オレ、これでも一応すっごい魔術師なんだよ！　世間では！　なんだよ！」

あ、はい。そういえばそう言っていたね。

そして呪いをかけた人の話はしていなかったかーうっかりうっかり。

「まあ、もしかしたら感知するかもしれねぇけど、どうせあの町長が捕まったしな、その関係でブローチが壊されたとでも思うんじゃねえか？」

そうかなー。欠片もリスクは負いたくないんだよなー。

「これ結界張ったまま、ここに置いていっちゃダメかな？」

「オレは見たいなー呪い解くところ。じゃないとお前がやったって認めないからな？　あ、あと、もしも誰かがお前の結界を偶然にでも解いたら、またややこしいことになるぞ」

ニヤニヤしてこっちを見てる。うぬー。確かに。この先この呪いで被害者が出たら後悔しそう。

それは嫌だ。しょうがない、やるか。

気を付けるのは瞳の色を見せないように。さすがにこれはトップシークレットだろう。シャドウさんにも注意されたしね。

ブローチを机の上に置く。あれ、おっさんの部屋でやっていいのかな？　まあ、いいか。おっさんが言い出しっぺだ。責任取ってもらおう。

まずは部屋に結界を。なんにも出さないよ。

「カチリ」

そしてブローチの結界を解く。解除。

「カチャ」

とたんに黒い煙がもうもうと上がった。

いつ見ても禍禍しいなーもう。

カイロスさんも「やっぱりすげーなこれ……」と呟いている。どうやらカイロスさんも、ただならぬ雰囲気を感じているらしい。

さて、始めますか。

◆◆◆

だけどなー……。

呪いのブローチを前にちょっと考える。

これ、呪いをかけた人が陰険そうだったんだよ。普通、呪いって、個人的な恨みを晴らすためにあるものじゃない？　でも、この人物に感じたのは、純粋な悪意。誰かを傷つけたいという意思。

個人的な恨みなら握り潰せば消えるかもしれないけれど、悪意のある人が考えたら、どうなる？

そこで思い出すのはカイロスさんの、「二重三重に魔術がかけられている」というやつ。

私がこの魔術師だったら、解呪しようと手を出した人には反撃するような罠をかける気がする。呪い返しみたいな。

そこまで考えて、防御も考えないと、と思った。慎重になっても悪いことはないだろう。

とりあえず、目を瞑る。大丈夫、呪いの気配はハッキリとわかる。

とりあえず、ブローチの周り一〇センチくらいの空間を、ぐるっと丸くボール状に結界を張る。

なんにも出さないよ。

「カチリ」

なんにも入れないよ。私の魔力以外は。

「カチリ」

うーん、あとはなにがあるかな？

かたーく固く。絶対にこの結界は壊れない。

「カチリ」

「おいおい、なにやってるんだ？」

カイロスさんが不思議そうだ。

「うーん、なにか反撃があってもダメージが出ないようにしてる」

「へー」

じゃあやってみるけど。人生二回目だから、危なそうだったら自分で逃げてね。と、伝えて。

再度目を瞑った。

そして手をかざす。魔力を入れ……ちょっと待てよ？

こんな風に私の魔力を大量に入れたら、あのダム破壊と同じように痕跡が残っちゃうんじゃない？　それ、まずくない？　向こうにも伝わっちゃったら……うわあ嫌だわー。

どうしよう？

そうだ。どこか……根本がないかしら？

この呪いの、根本。一番の核。

この黒い煙を吐き出している点。

どこだ……。

冷たい煙の中を掻き分けて探す。気配を極力消して。静かに、静かに……。

探すことしばし。

見つけた。

木のような、かたち。幹の部分が結構太い。この幹から、たくさんの枝が伸びていくように、枝葉が繁るように呪いが拡散されている。

この幹を潰せば、一気に壊せるかな？

私はその幹がすっぽり収まるくらいに手を大きくしたあと、その幹に手を伸ばし、一気に両手で締め上げた。

キャアアアアアァァァァ――――!!

呪いが耳をつんざくような悲鳴をあげた。

ボール状の防御壁を越えて漏れてくる。うるさい。

どれだけ大音量なんだよ。

「なんにも出さないよ」っていう結界なのに。

マンドラゴラかお前は。

いや、マンドラゴラなのかもしれない。本当に。

おっさんの「うっ」っていう声が聞こえた。

それでも私は渾身の力を込めて呪いの木の幹を締め上げていった。

ギリギリギリギリ……。

幹の内側から猛烈に抵抗されるが、想定内。

手に山ほどの魔力を流し込んで力に変えていく。

容赦《ようしゃ》はしない。

ジリジリと幹が細くなり、悲鳴も細くなっていって、そして。

最後にバシュッっと、音をたてて消えていった。

根本を締めて上を殺した形なので、私の魔力が触った面積は少ないはず。

これで痕跡があまり残らないといいな。

目を開けると、そこにはキラキラと無邪気に光るルビーさんがいた。

おっこの子も可愛い子だね。呪いが消えてよかったね。

防御用の結界を解く。

ブローチを持ってみたけれど、もうどこにも呪いの痕跡は見当たらない。

よし。終わり~。

「はい」

と、ブローチをおっさんに渡す。

カイロスのおっさんは無言でブローチを眺めたあと、頭をガリガリと掻いて、

「しょーがねーなあ」

とだけ言った。


私たちは町長の処分の手続きが終わり次第、タカルカスの町を出た。

はあぁーやれやれ。

やれ『海の女神』だのなんだのと注目されるのは本当に肩が凝るよね。

お陰で食べ歩きも出来ないし、せっかくたくさんあるアクセサリー屋さんにも気軽に入れない。

常に視線が付きまとってなにを食べたかなにを買ったか、監視されている気分になるよ。

気軽にその場で気に入ったものを「これくださいな」ってやりたいのにー。

気を使われると、こっちも気を使っちゃうよね。ありがたいけど、正直重いのよ……。注目なんて嫌いだ。私はモブになりたい。モブ万歳。


と、いうことで、タカルカスを出て私は幸せだった。

もう二度と近づかないぞ。

人もまばらな田舎道をおっさんとテクテク歩く。

ちょっと火の鳥イカロスが光の玉になって周りを飛んでいるけど、もうカイロスのおっさんに隠すのはやめたので、堂々と結界を張っていたりする。

なんにも見せないぞっと。

イカロスは
『きいいっ！　生意気！』

って怒っているけど、まあその可愛いこと。ノーダメージだ。

ふっふっふ。

隠し事しないのも、まあいいのかもしれない。

「一応確認なんだが、元のオレの膝の呪いを解いたのはお前で、今の両膝の呪いはあの旦那の影がやったんだな？」

こくこくこく。

「あのブローチとおんなじやり方だったのか？」

ぶんぶんぶん。

「おっさんの膝の呪いの消し方は、魔力を押し付けて潰したんだけど、ブローチは木の幹の所を締め上げた感じ」

「なんだそれ。わかるようなわからないような」

「え？　じゃあ普通はどうやるの？」

「普通は……なにが普通かは意見があるだろうけど、道具に魔力を込めて、その道具が仕事をする感じかな」

「え？　道具を使うんだ。どんな道具なんだろう？」

「なに目ぇキラキラさせてんだよ。なんにも使わない猛者《もさ》が。道具はその時その時で変わるんだよ。

というかそれぞれ魔術師が自分で用意するからな」

へぇー。

カミングアウトしてしまった今、旅の道中おっさんからイロイロな情報を聞けてなかなか有意義な時間になった。ビクビクと薄氷《はくひょう》を踏むような緊張感がないのはいいねえ。

そしてしみじみ自分が魔術関連のことをなにも知らないんだなと実感する。

私、なんで魔術使えているんだろうね？

◆◆◆

そんなある日、私たちはカイロスのおっさんの提案で、野宿用のあれこれを買い出しに来ていた。

「シュターフに行くには、この山を越えるとはええんだよ」

とのことだが、そういう主張をする時には大抵ウラがあるんだよなあ、このおっさん。

で、単刀直入に聞いてみたところ。

「お前の能力って、山でもなんか発揮出来るんじゃねえ？　ほら、町では見られないような」

と、ワクワクしながら言われてしまった。

なんか実験動物になった気分だ。

しくしくしく。

まあ、長い旅になってきているからね。

たまにはいつもと違うことをしてもいいかと了承する私も大概お人好しなのかもしれない。

でも私は決めていた。

普通に旅をすると。

魔術なんて縁のない、この国の大半の人と同じように山越えするんだ！

ちょっと便利なおっさんを連れて。

頑張るぞ。

「なんだそれ？」

「え？　テント」

「随分小せえじゃねえか」

「うん。一人用だからね」

「ええ！　入れてくれないの？」

むしろ入れると、何故思った。

プライバシーは大事です。ということで、出来るだけコンパクトな高性能テントをワクワク購入してみた。色が可愛いんだこれー。素敵な緑。保護色にもなって素晴らしい。うふふふー。

「そういやお前、あの旦那にもらっていたカード、残高大丈夫なのか？　あいつ金持ちだった？」

「あ、うん。結構余裕があったよ。ちゃんと締めるところは締めているから大丈夫」

……ウソです。なんかびっくりするような金額が入ってました。

そしてどうやら随時自動補給されている気配です。太っ腹過ぎだろう。だんなさま愛してる。

まあ、普段はどんなにお金があったとしても、派手なことは出来ないけどね。

派手なことって、相対的に旅に向かない気がするよ。

華美な服とかね。そしてあんまり興味もないんだな。

しかも強盗とか呼び寄せそうだから、普段はいたって地味装備。

だからこういう時はここぞとばかりに、ちょっといいものを買って楽しませてもらってます。

楽しい！　心から！

ほんと、「だんなさま」ありがとう。

持ち物無制限の遠足に行く気分だよ。

そうだ、おやつも持っていこう。

私はいそいそとお店に向かった。

後ろでおっさんが女の買い物がどうとかぼやいていたが、さっくり無視して私はウキウキ買い物を満喫したのでした。

あー楽しい。心の底から楽しいです（二度目）。


さて、おっさんの言うには五日もあれば余裕で越えられるとのことなので、それを前提に準備をしましたよ。もちろん私は山越えなんて初体験なので、カイロスのおっさんから必要なものを聞いてだけどね。

「なにか注意するようなことってある？」

「ん？　いや別に。危険な動物がいるわけでもないし、ちゃんと山越え用の道もあるから大丈夫大丈夫。もしなんかあったらオレが守ってやるからよ。まあノンビリ行こうぜ」

「はーい」

と、いうことだった　はずなのに。

山越え二日目。

何故今目の前に熊がいるんでしょう？　しかもやたらと大きいぞ。

「え、なに、普通はいないってこと？　まあそうじゃないとこの道封鎖されているだろうから、そうだよねえ」

「あっれえ――？　なんでこんな所に熊がいるんだ？」

おっさん、よろしく――。

「お前……相変わらず恐怖心が皆無だな。大丈夫か？　パニックとかじゃないよな？」

「え？　だっておっさんが守ってくれるんでしょ？　それに多分私、『だんなさま』の防御魔術があるから大丈夫だよ」

「ああーなるほど。お前ズルいなそれ」

とか言いながらも、おっさんは逃げる様子のない、どころかむしろ敵意剥き出しの熊をあっさり剣で一刀両断していた。

さっすがーかっこいいー。

「はいはい。心にもない世辞をありがとうよ。今日は熊鍋にするか、夕飯」

「やったー」

なんて最初は無邪気にしていたんだが。

どうもなにかおかしいのではという話になった。

普段は熊なんて出ない。というかこの山にはそもそもいなかったはず。

熊なら大抵はおっさんと睨み合ったあとは逃げていくものなのに、今回は向かってきた。

種類は小型の熊なはずなのに、やたら大きかった。

え、危なくない？　他の旅人だったら命の危機よね？

おっさんはちょっと考えて、イカロスにどこかに伝言を運ばせていた。

まあ私たちだけでどうにか出来るものではないからね。お役所やお偉いさんたちに対策してもらわないとね。

こんな時には「だんなさま」がかけた防御魔術、心強いわ。内容はよくわからないけれど。

どうやら思い付く限りのケースを想定していそうだから、まあ大丈夫でしょう。

過保護万歳。


その夜。

残念ながら熊鍋は食べられなかった。

おっさんが言うには熊は証拠としてそのまま残さないといけないらしい。

まあそれはそうなんだけど、一瞬本気で期待したから残念極まりない。いつか食べてやる。

でもそれなりに夕飯は楽しんで。

遠足遠足楽しいね。

火おこしには便利なおっさんがいるから、そのうちキャンプファイヤーもやりたいね！

でもまあ、今日は寝るか。と、私はいそいそと折り畳んであったお気に入りのテントを広げた。

明日もあるからねー。

とその時、

「シエルさん、熊が出たら大変だから、今日は一緒に寝ましょうね～」

とか言いながらおっさんが入ろうとしてきた。おい、ふざけんな？

ちょっと呆れた私はそのままテントの中で黙っていることにした。

私が一人入るだけで本当にキツキツよ？　どこに入るというのでしょうか？

「え？　シエル、入れてくれるの？　いやあ、やっとお前もオレのよさをわかっ……」

バチッ！

「痛ってぇえ!!」

おっさんはあっさりテントの外へ吹っ飛んでいきましたとさ。

だろうと思ったよ。私に触れないで中に入れるわけがないじゃないか。

防御魔術、素晴らしい。

ありがとう「だんなさま」！

「おい！　お前の旦那、容赦ねえな！　なんか恨みが込もってた気さえするぞ。全然手加減なしかよ！　ねえねえシエルさーん、オレ熊さん怖いなー。寝ている時に襲われたらさすがにやられちゃうよね？　お前だけ結界張ったテントって、ズルくないかなー？　オレが襲われちゃってもいいんだ？　冷たいなー、おーい、シエルさんよう」

と、おっさんがうるさくてしょうがないので、私はテントの中から半径四メートルくらいの球状に結界を張った。

なんにも入れないよ。

「カチリ」

「あ！　自分だけ結界張った音がする！　シエルずるい！　見捨てられた！」

もうー。見捨ててないのに。

しょうがないから、結界が見えるようにしよう。

結界具現《ぐげん》。

とたんに結界がドーム状にキラキラと光り出した。

「これ今張った結界だからー。この中にいれば大丈夫だと思うよ。一応なんにも入れないやつ」

テントから顔だけ覗かせて伝える。

「あ、なにかが接触したら、起きられた方がいいよね。んー、どうする？　大きな音でも出るようにする？」

それでいいか。

今張った結界になにか大きな物が触れたら音が出る効果を付与する。

音出すよ。

「カチリ」

よし。

「じゃあ音がしたら起きるということで。おやすみ～」

といってテントに引っ込もうとしたのだけど。

「おいー、ちょっと待てよ。なんだこれ！」

と呼び止められた。

はい？なんでしょう？

「このキラキラの結界どうなってるんだ？　なんでなんにもない所に結界が出来てる？　で、なんで光ってんの⁉　音ってなんだよ！」

「え？、球状に結界張ったんだよ。これで地面からの攻撃もなしだね。変形させて張るのも面倒だから、球の形でお手軽にね。で、おっさんが見捨てられたってうるさいから、見えるようにしておいた。これ、『入れない』結界だから、多分一回出ると入れなくなるよー。気を付けてね！　で、音はおまけで付与しておいた。便利かと思って。要らなかった？　飛び起きるの嫌なら取るよ？」

「いやいやいやいや……。お前、論点がおかしいぞ。……ああ、知らないのか！　マジか！　知らないってこえぇな！　お前、たまに怖いぞ！　こわっ！」

ええー？　せっかくの親切を酷くない⁉　やめちゃうよ？

「いや、やめないでください、お願いします。いやだから、お前……。普通は結界って、なにもない空間にいきなり張れないの知らないな？　しかも地面の中まで続くとか。あと光らせるとかオレ初めて聞いたんだけど？　人生七十余年、は、じ、め、て、聞いたんだが⁉　なんでそんなケロっとしてるんだよ！　なにがお手軽だ！　なーにが『しておいた』だ！　むしろ変形もさせられるのかよ！　泣けばいいの？　オレ泣けばいいのかな⁉」

あれ？　またやったのかな、私……。

へ、へえー、そうだったんだー。知らなかった。

おかしいなあ、そんなに難しいか？

って言ったら、おっさんに睨まれた。やだ怖ーい。

「音出すように付与ってどうやるんだ？　さっぱり想像つかねえぞ。あ、付与出来るならついでに、オレは出入り出来るようにしてくれる？　オレトイレに行っちゃうかも」

おっとなるほど。それもそうだね。

私とカイロスのおっさんは出入り自由。

「カチリ」

「付与したよー。いつでもおトイレどうぞー。他にはない？　じゃあおやすみ～また明日！」

と言って私は引っ込んだ。

外から、

「くっそうホント簡単にやりやがって……」

とか聞こえてきたけれど、まあいいよね。おやすみ～。

◆◆◆

『セシル～……そろそろ会いに来てもいいんではないかな～？　ワシずっと待っとるんだけどな～……？　おーい、セシルやーい？』

誰かが私を呼ぶ声がする……気がする。

あれ？　デジャヴ……。

『セ～シ～ル～……。無視とは酷いものよのう……』

いや、無視はしていないんだけど……。

ん？　あれ？

私はテントの中で目を覚ました。まだ外は真っ暗だ。

結界張ってるよね？　誰も来れないよね？

『セシル～こっちじゃよ～ホレホレこっちおいで～』

って、なーんか呑気な声なんだけど、誰？

気になるのはさっきから、私を本名で呼んでいることだ。

私の本名は、私の短い記憶の中では「だんなさま」しか知らないはず。

ということは。

記憶を失う前の知り合いなのかもしれない。

ほう？　ほうほうほう？

呼んでいるなら、行くよね？

私は抜き足差し足で寝ているおっさんの反対側から結界を抜け、声が呼んでいたと思われる方向に歩き出した。

って、あったな、こんなこと、前にも。

どうしよう？　この先にまた違うだんなさまがいたら。って、まあないよねー。むしろあったら困るわ。

しばらく歩くと、霧が出てきた。今日はお天気がいいと思っていたんだけど……。

山だからなーとか思いながら進む。

そして私は大きな湖に出た。

湖の上になにかが浮かんでいる。

ん？

よくよく見てみると、それは湖の上でトグロを巻いて浮かんでいる、龍だった。半透明の白い龍。

え、なんだなんだ⁉

全身をウネウネさせつつ、龍が喋る。

『セシル〜よう来たな〰〰〰。会えて嬉しいのう〜。何百年ぶりかのう〜？』

あれ？

最後、単位おかしいよ？

『ん〜？　どうしたセシル、まさかワシを忘れてもうたか？』

そうみたいです――。

じゃなくて、多分人違いです〜。そんなに長くは人は生きられないんですよ？

『あれ〜？　ワシもうろくした？　ん〜？　でも、セシルじゃのう。魂が一緒じゃよ？　ワシの声も聞こえておるじゃろ？　そうか〜忘れてもうたか〜残念だのう……』

白い龍がシュンとしてしまった。心なしか浮いている高度も下がっている。

水面スレスレだよ、おじいちゃん。

「あのー、本当にあなたの知っているセシルですか？　わたし、記憶がとんとなくて、最近のことしかわからないんですよー」

『ん〜？　なるほど、そうだったのか〜。まあイロイロあったからのう、忘れたいこともあったかもしれんのう……』

「イロイロってなんでしょう？」

『イロイロはいろいろじゃよ～。人間だって、み～んな、イロイロあるじゃろう～？　自分で乗り越えて思い出さないと意味ないんじゃよ～。それに、思い出さなくてもいいこともあるじゃろうて……』

よしこれはなにも語らないパターンだな。でも、なんだろう、優しい気持ちが伝わってくるよ。

『それにしても寂しいのう……そうか、ワシのことも忘れてもうたか……』

うーん、水面にくっつき始めちゃったよ。

「あの……出来たらあなたの知っているセシルの話をしてもらえませんか？」

それは、もう少しこの龍と話していたいという気持ちと、少しの好奇心。

この龍は私に優しい。

きっとこの龍と「セシル」はいい関係だったのだろう。

『そうだのう～ではセシルはワシのことを、また前のようにセレンと呼んでくれるかのう？　初めて会った時、そなたはワシの名をまだ幼くて言えなくてのう。ワシをセレンと呼んだのよ……』

龍は懐かしそうにそう言って目を細めた。

「ではセレンと」

『おお嬉しいのう。昔のようにまたこうして語り合える日が来るとはのう……長生きしたかいがあったというものじゃのう～』

あ、ちょっと浮上した。うきうきウネウネしている。

『おや、セシル、あの小僧と縁《えにし》を結んだようじゃの。よかったのう』

えにし？

『ワシらで言う、つがいじゃな。お前さんがいなくなったあとは、あの小僧がよくワシの所に来てはセシルがいない、セシルがいないと、それはもううるさくてのう……やっとこれで静かになるの。ほっほっほ～』

小僧って「だんなさま」のこと？　あの「だんなさま」を小僧呼ばわり……凄いなー龍って。

『お互いをやっと見つけたのじゃな。なのにセシル、何故ワシのことは思い出さなんだ。冷たいことよのう……』

下がってる下がってる！　水面がチャプっていってるチャプって！

いや実はその小僧のことも思い出せなくてね？

と言うと、龍はおや？　という顔をしてまたちょっと浮上した。わかりやすい。よかった。

『そうか～、小僧のことも忘れおったか。ではワシのことも思い出せなくても仕方ないかもしれぬのう。それでよくぞあの小僧と縁《えにし》を結んだのう。ワシは嬉しいよ』

ウンウンと龍が頷く。

『セシル、なにも思い出せなくてもそれは自然の流れ。無理して逆らうこともなかろうよ。あの小僧も付いているなら、大丈夫じゃろ』

龍がしみじみと話す。

『だから、これだけ覚えておいておくれ。ワシはセシルの人生のほとんどを一緒に過ごしていた。ワシはセシルをそれは大切に思っておったし、今も変わらぬよ。そなたが死んでしまったと思った時はそれはそれは悲しかったから、今はまた再び会えて本当に嬉しいのじゃよ。だから、これからも仲良くしておくれ。ワシはそなたが呼べば、水のある所ならどこでも行ける。一言セレンと呼んでくれればいつでも行くからの。水龍の助けが欲しい時は遠慮なく呼ぶんだよ。出来ることならなんでもしてあげよう』

セレンは優しい。全てを承知でそう言ってくれるというのは、とても嬉しいし、懐が深いなぁと思う。

「うん、ありがとう、セレン。これからもよろしくね」

私の返事を聞いて、セレンが嬉しそうに湖の上でぐるぐる回り始めた。

「なんでも言うがいいよ、セシル～。この国を滅ぼしたければ一言で、ワシが沈めてあげるからね～ほっほっほ～」

「あ、いやそれはお気持ちだけで！　冗談でも言っちゃダメでしょ～怖いわ～セレンて」

『ほっほっほ～簡単なことじゃよ～～～～～～しかしセシルも相変わらずじゃのう。欲がなくて、つまらぬのう』

「へえ、前もこんな感じだったの？」

『全く同じじゃの～ほっほっほ～』

などと、しばらく二人で笑いあった夜更けの思い出。

私はこの水龍を大好きになった。

「ちょっとそこのシエルさんよう～？　昨夜はどこに行っていたのかな～？　オレを置いて、なんかやることでもあったんですかねえ？　え？　シエルさんよう～？」

　というジト目のこのおっさんに起こされなければ、それはそれは気持ちのよい朝だったのに……。

　そういえばセレンがこのおっさんを「火の」と呼んでいたなあと思い出す。

『なんか、「火の」が付いてきちゃったから、まいておいたからの～。やつも霧ごときで見失うとはまだまだじゃのう～。まあ楽しくやっているならいいんじゃが、いいか～？　一番の仲良しはワシじゃからな～セシル～～～』

　仲いいか!?　このジト目のおっさんと？　楽しそうに見えるのか!?

　……え――……。

◆◆◆

　自然豊かな山道を歩きながら、珍しく寡黙《かもく》だったカイロスさんが意を決したように口を開いた山越え三日目。

「お前さん、トラブルは嫌がりそうだから黙っていたけどさあ……。『セシルの再来』の話が、ちょーっと広まってきているんだよな」

　え、なにそれ、とっても迷惑……。

「で、興味を持った輩がお前を探し始めているらしい」

　え！　なにそれ！　要らない！　迷惑！

　またアレヤレコレヤレ言われそう……。

「まあ、『海の女神』だからなあ。『月の王』ほどじゃあないが、それなりに人気あるんだよ。セシルの場合はその能力にひかれる人間と、『月の王』とのロマンスにひかれる人間と両方いるからな。まあ今回はそのどっちが興味を持ったのかはわからねえが、一応気を付けるに越したことはねえのよ」

ん？　ロマンスってなんですか？

「あれ？　知らねえのか。『海の女神』のセシルは、『月の王』の恋人だったんだよ」

はい？　初耳です。へぇー。

「ほんとにお前、なんにも知らねえな。まあ、ロマンスの方は悲恋だからな、妙にそういう話にのめり込む人間がいてな？　だいたい女のファンはそっちだな。まあ、害はないだろうけど、『海の女神』復活となりゃ、恋人に会うためによみがえったとか言い出しそうだな。うるさいかもしれないが、まあそれだけだ」

ほうほう、悲恋とな。ロミジュリみたいなもんかな。『月の王』なんて人気者とだったら、そりゃあ乙女心を刺激されるってもんよね。私だってちょっと詳しく聞きたいぞ？

あれ？

でも、水龍のセレンが言うには、何故だかわからないけれど、私がそのセシルっぽいことを言っていたよ？

ん？

セレンの言っていたイロイロって、まさかの恋愛トラブル!?　私ってそんなに情熱的だったの？　ていうか、それ本当に私？　やっぱり人違いなんじゃないのかな……。時間的にも辻褄合わないんだし。

はっ！　水龍のセレン、もしかしてボケているのでは!?　おじいちゃんぽかったもんね？　なるほど!?

「ただ、もう一方のファンだな、問題なのは。こっちはまあ、簡単に言うとあの腹黒町長みたいな感じだ。こっちは厄介だろうな」

うわぁ、迷惑ー。しかも不愉快。

「ところでそのセシル、一体なにが出来たのかしらん？」

そういう輩に捕まったら、なにさせられそうになるのよ？　この前は人殺ししろって言われたんだよ？　どうやって？　って話だよ。

「まあ、『海の女神』の名前通り、水を操れたらしいな。ちょっとの水じゃあねえぞ、それこそ海の水も自由自在。あとは、風も呼んだそうだ。そうなると、嵐とか作れそうだな。で、それだけでも破格なのに、そこに水龍が付いていたから、水に関してはもう、出来ることが神レベル。と、言われている。なにしろ例に漏れず全ての記録は国が潰しているからあくまでも言い伝えな？」

ああ……セレン……。

本当に仲がよかったんだねえ……。

「で、そんな奴らを巻くためも兼ねた山越えってわけだ」

なるほど！　ありがとうおっさん！

ちゃんと考えてくれたんだね。嬉しいよ。

「なーのーに、お前ときたら！　夜中にホイホイ出歩きやがって！　しばらく帰ってこないから心配したんだぞ！　お陰でオレ、今日は寝不足よ？　あーツライワー」

あ、はい。すみませんでした。

そんなことになっていようとは全然知らなくて。

ちょっと水龍と遊んでました……。てへ。

「お前の魔術はスゲェんだけど、どれも攻撃魔術じゃないんだよな。だから、いざ襲われたりしたら勝ち目ないぞ」

うっ。そうかも。どうしよう？　「だんなさま」の防御魔術だけではダメな時も、きっとあるよね……。

「で、だ。やっぱりちょっとお勉強してみようか？　攻撃魔術。ちょうどここは人目もないし、練習にちょうどいい大木が山ほどあるしな？」

こうして「自分で身を守れるようにしよう講習会」がスタートしたのだった。


自分の身は自分で守れるようにしないとね！

なんて、意気込んではみたものの。


そうだった。

出来ないこともあるんだった。ゼエゼエ。

たとえばおっさんからどんなに教わっても出来なかった「火を出す」魔術とか。

「火も出せない、雷も出せない、地面が動かせるわけでもない、そして練習しても上達しない、か。

八方塞がりだなこりゃ。あとの手段は、なんだろうな？　水だったらなにか出来るか？　鉄砲水とか？」

そんななにもない所から水出せとか無茶言わないで。

「うーん、風で吹き飛ばす？」

と言いながら、魔力を動かしてみる。風よ〜吹け〜！


そよ……。

…………………………。

そこ！　笑わない！　おっさん！　失礼でしょ！


「やり方はわかるんだよ〜。こうやればいいっていうのはあるんだよ。だけど、魔力が反応しないのよ。なんつうの？　歩き方はわかるのに足が動かない的な」

私は頭をかかえた。ギブ。ギブです。何故動かない、私の魔力。あんなに力強く呪いを締め上げていたくせに。

「くっくっく……。そよ風がせいぜいとか、『セシルの再来』の名が泣くな？　やり方がわかれば出来るはずなんだがなあ。まあ、性格的にも向いてないのかもな。他の手段を考えようか」

おっさんも匙《さじ》を投げましたーしくしくしく。

ま、まあ、人間出来ないこともあるよね。しょうがない。次行こう、次。

「お、なんだかあっさりしているな。悔しくないのかよ。お前さんが頑張るんだったら、もう少し付き合ってやってもいいぞ？」

「いや……他の手を考えた方が早いと思う。出来ないものを無理やりやろうとしても、きっとたいしたことは出来ないよ。攻撃魔術は、一旦諦めようと思う」

そう。無理してもしょうがない。

セレンも言っていた。自然に任せればいいって。そう、自然に任せよう。無理してなんでもやらなくていいよ。きっと他にも活路はある。多分……。

自然に任せる。

いやーいい言葉だな、これ。

◆◆◆

「まあ、なんだ。要は攻撃されなければダメージはないんだから、とりあえず防御が出来るようにしようか」

おっさんが新たな提案をしてくれた。

ああ！　あれですね？　バリアー！　みたいなやつ。

「あ？　ばりあ？　なんだそれ。とりあえずお前、結界は張れるんだから、自分に結界を張ってみろ」

はーい。って、え？　バリアー知らないの？　あんな便利なやつを？　子供の基本だと思っていたよ。

おっさん真面目な子供だったのかな。

「おい、結界」

あ、はーい。

どういう結界がいいんだろう？

「なんにも通さないよ」

シュン。

あれ？

「なんか吸い込まれちゃった気がする」

「はあ？ ……ああ、もしかしたらお前の旦那がおんなじような魔術をもうかけているのかもな。っていうか、お前の結界の張り方、ずいぶんいい加減だな！ ちょっと呆れたぞ」

あれディスられた。いいじゃんちゃんとかかるんだから。じゃあ普通はどうやって結界張るんだよ。知らないんだよ。

ちょっとムッとしたので、そうだ、と、おっさんを実験台にすることにした。

人にかけるのは初めてだけど、筋肉の塊で丈夫そうだから、まあ大丈夫でしょう。

「なんにも通さないよ」

「カチリ」

「あっ、今オレにかけたな⁉ 承諾なしでいきなりかよ！ ……まあ、無事にかけることは出来たみたいだな」

気分は大丈夫？

「ん？　大丈夫大丈夫。なんにも変わらねえから安心しろ。あ、せっかくだから解除しなくていいからな！　いやーいいもんかけてもらったぜ」

あ、喜んでる！　なんか悔しいのは何故だろう？

「いやいや、私の未熟な結界よりもですね？　カイロスさんがご自分でかけた方がよっぽど満足のいく成果が出ると思いますよ？　と、いうことで、どうぞご自分でやってくださいな。じゃあはずすよー」と、言うと。

「いやいや！　ストップ！　解除しないで！」

おっさんが慌てて叫んだ。

「お前なー、自分で出来るならもう既にやってると思わないか？　そりゃあ多少ダメージ軽減魔術はかけているけどな？　でも『なにも通さない』はかけられてなかったんだよ！　出来なかったの！　じっさい今かかっちゃっただろ？　今までなかったってことなの！　……だから、もったいないからこのままにしといて？」

あれー？　そうなの？

「オレはどっちかってえと攻撃の方が得意なんだよ……」

とちょっとしょんぼりしているのが、まあちょっと可愛かったので、そのままにしておくことにした。

「ただなあ、それだけだと大勢に攻撃された時とかは逃げられねえんだよなあ」

確かにね。山ほど襲ってきたら重くて潰れちゃう。

あ、じゃあ本当にバリアー張ればいいんじゃない？

イメージとしては空間に結界張る魔術の応用で。

「盾」

ここで「バリアー！」とか叫ぶ自分を想像したら、ちょっと痛い人になったのでやめた。

お、巨大なコンタクトレンズ出現。

おっさんが「？」っていう顔をしているから、見えるようにしよう。

「結界具現」

光る巨大コンタクトレンズ～。

「おおっ!?」

とおっさんもびっくりだ！

これ、動かせるかな？

右手を、巨大コンタクトを意識して右に振ってみた。

そうしたら、コンタクトが右に吹っ飛んで、そのまま右手にあった木にぶつかった。

ヒュン、ゴスッ！

「おおお～、なかなかの衝撃ー。いいんじゃない？　これ。多分大きさも変えられるし、ちょっと練習したら形も変えられるかも」

左手でも動かしてみる。そして拡大。縮小。湾曲《わんきょく》ではなくて、一枚板の形にしてみたり、ぐるっと自分の周りを囲ってみたり。最後にボール状にして木に軽く押し付けてみた。

ミシッ。

おお、なかなかの威力じゃないですかーふっふっふ。

これ、使えるよね？　ボールにして振り回したら、立派な凶器じゃない？　円盤型だったらもっと危険そう。見えなかったらもっと怖いよね～。

と期待の目でカイロスのおっさんの方を見てみたら。

「まあー簡単にやってくれちゃって……」

とジト目とあきれ顔をされてしまった。

えーいいじゃん出来たんだから、褒《ほ》めてよー。

「それが出来れば十分お前が凶器だな。別に火や雷を出す必要なかったか。……じゃあいいか！　今度なんかあったらそれ使えよー。んじゃあ先を急ぎますか」

と言って、自分の身を守ろう講習会は終了されてしまった。

えー他にもいいアイデアがあったらやってみたかったのに……。

しかし、やっぱりバリアー凄い便利だね！

え？　ちょっと違う？


その後はせっかく手に入れた技なので、周りに人がいない時は、ちょこちょこ練習して加減を覚えていった。

ヒュンヒュンヒュン、ゴスッ。ズサッ。ザクッ。

なんか見えないとおっさんが怯えるので、キラッキラに光らせて振り回す。ボールにしたり、円盤にしたり。どうやらこの二つの形が扱いやすいかな。

いや～綺麗だねえ。

ヒュンヒュン、ゴスッ。ザクッ。ヒュン。

加減を間違えてうっかり不本意に殺しちゃったなんて死んでも御免だ。細かい狙いもつけられないと。

ヒュン、ゴスッ。ヒュン、ズサッ。ヒュン。パラッ。

「……オレ、なんか間違えた気がするわ。ヤバいものを解き放っちまった気分……」

とかなんとか聞こえてきたけど、なにをおっしゃいます、私は感謝しているのよ？

これで襲われても大丈夫！　全力で抵抗出来る。ありがとうおっさん！

ヒュン、ベキッ。

あ、力を入れ過ぎたか。ごめんね木さん。折っちゃって……。やっぱりもっと練習しないと……。

おっさんが怯えた目で私を見るんだけど、なんでだろうね？　おっさんには当てないよ？　スレスレは狙うけどね？　だってコントロールの練習だから。

カイロスさんに「なんにも通さないよ」の結界を張っておいてよかったー。

第六章

私の「盾」のコントロールも随分自由自在になったあたりで、私たちの山越えは終わった。

一回間違えてカイロスのおっさんをかすめてしまったら、おっさんが豪快に吹っ飛んでしまったので、おっさんの懇願《こんがん》を聞き入れて最後は周囲一〇センチくらいにクッション代わりの結界を張って直接当たらないようにさせられた。

「いやせめて五〇センチは取れよ！　怖いだろ！　半端なかったんだぞ衝撃が！」

とか言われても、それじゃあ練習にならないじゃないねえ？

「あ！　じゃあ一回模擬戦やろうよ！　戦うフリ。力だけ手加減してさ？」

と思い付き、乗り気じゃないおっさんを巻き込んで実戦の練習もしてみました。

ガッ、ゴッ、ガキン、ドゴォ！

と、それはそれは迫力満点で、そして私は自分が動きながら鈍器もとい「盾」を振り回す練習も出来たのでした。いやあ、おっさん、ありがとう。刃こぼれ？　ナニソレ美味しいの？

そして剣がダメなら魔術を、とカイロスさんが突然火球を飛ばしてきた時にはビックリしたけれど、それをとっさに結界で防いだ私凄いよね？　よくやった自分。お陰で右手で「盾」を振り回し、左手の「盾」でガードもするという二刀流？　も完成しました。ダブル「盾」。あれ、なんか響きがかっこよくないぞ。まあいいか。どんどんグレードアップする私を見て、

「ほんとにいいのかな、こんなの世に放っちまって……」

とか聞こえてきたけれど、まあ気にしない。攻撃は最大の防御でございますよ。ふふふ……。

まあそれも山を下りると出来ないわけで。はい終了〜。


私たちは地方都市のレンティアに入った。今までで一番大きな街、いや市だね。

早速私たちは宿を決めて身なりを整えたあと、観光に繰り出した。観光を隠れ蓑《みの》にしたカイロスさんの情報収集というお仕事を兼ねてだけど。

私は早速ご当地のお菓子やおやつを買っては食べ、ウィンドウショッピングを楽しんだ。

その間おっさんはアッチコッチでひたすらお喋りしている。

やっぱり天職《てんしょく》だな、おっさん。生き生きしているよ。

そんなこんなで活気のある街を歩いていたら、なにやら今までにないものを見つけた。

十字架？

ひときわ大きな建物のてっぺんに、十字架が載っていた。

「ん？　教会？　そうか、お前、初めてか。行ってみるか？」

あー、なるほど教会ね。そういえば今までなかったかも。行く行く！　もちろん！

教会は普段一般公開されているらしく、出入り口も開け放ってあった。ちらほら人も出入りしている。

大きくて、シンプルで、そして威厳《いげん》がある建物だ。

こんな旅装束の観光客が入っていいのかわからなくて最初はビクビクしていたけれど、カイロスさんは気にせずズカズカ入っていくので私もそれに従った。

「旅の方ですか。お祈りにいらしたのですかな？　どうぞお好きな席で。ご自由にお過ごしください。神は全ての人を受け入れてくださいますよ」

柔和な笑みをたたえながら、神父さまらしき長い上着を着た年配の方が声をかけてくださった。

お言葉に甘えて教会の中の大きなステンドグラスや、天井に描かれている神話らしき絵や、建物の細かな装飾などを見て回った。神聖な雰囲気と芸術が美しく共存していて荘厳《そうごん》だ。天井が高い。大きな街だとこんな建物があるのね～。

そうしていたら、神父さまが、

「今から結婚式がありますよ。よかったらお二人も祝福してあげてください」

と言ってくださった。

結婚式！　素敵！　ぜひ！

私とカイロスさんは一番後ろの席に座らせてもらって、結婚式を見せていただいた。

新郎が緊張の面持《おもも》ちで花嫁を待つ。

すると荘厳なオルガンの音が鳴り始め、そして花嫁の入場。

純白のドレスを身に纏《まと》った花嫁と、新郎の幸せそうな顔。うっとりと見つめる先はただ一点、花嫁のみ。

新郎を見ていたら、ふと、「だんなさま」の顔が思い出された。ついでにブンブン振っている見えない尻尾も。

花嫁が、父親と一緒にしずしずと入場して新郎に引き渡され、横に並ぶ。

そして神父さまの宣誓まで、全てが絵画のように美しく進行してゆく。

「神の御前《みまえ》で二人は今、夫婦になりました」

高らかに神父の声が宣言した。

いいねえ、結婚式。周りの人も幸せにしてくれる。

うっとりと眺めていたら。

「お前もあんな花嫁になってもいいんだぞ？　オレが豪華な式を挙げてやるよ。二人っきりの寂しい式しかやらないような奴とはオレは違うよ？」

とか囁いてきたので思わず睨んだ。やりませんってば。自分がこんな式を挙げたいという願望は、不思議なほど、全然、全くないのだよ。

私は、あのなにもない部屋での「だんなさま」の、歌うような宣誓で十分満足しているのだ。

人々の祝福の中、二人が微笑みあって退場していく。

いやー、いいお式でした。お幸せに。

と祈りながら見送っている時に、なにやら見覚えのあるものが視界に入った。

ん？　あれは……糸？

仲良く退場していく二人の間に細い糸が渡っていた。

んん？　最初はなかったよね？　気が付かなかったのかな？　いや、なかったよ？

でもその糸は、結婚によって結ばれた二人の絆のように、白く、でもキラキラしながら二人の間を結んでいた。

絆なのかな。そうだといいいな。

私は今は暗闇に向かって繋がっている、でも消えてはいない自分の糸を意識していた。

会いたいな、と、ちょっと思った。


結婚式のあと、カイロスさんは神父さまにお仕事の肩書きを明かし、別室でお話をする約束を取り付けていた。

私も同行してもいいとのことで、付いていく。

教会というのは、大きな街には必ず一つずつあり、たくさんの人が集まるので情報が集まりやすいらしい。

カイロスさんは神父さまに最近のレンティアの街の様子を聞いていく。

「この街は市長がよく治めてくださっていますので、非常に落ち着いていますね。犯罪率も低いです。最近孤児が少し増えましたが、それも一時的ではないかと」

などと神父さまも答えてくださっていた。

おおむね落ち着いたいい街らしい。いいね。街の雰囲気もいいもんね。

「そういえば最近、まことしやかに昔の悪習を煽るような噂を聞きましたが、他の街でもそんな悪い噂が蔓延《まんえん》してきているのでしょうか？」

逆にカイロスさんが聞かれた。

ん？　悪習？　悪い噂？

「はて？　悪い噂とは一体どんな？」

「おや、お聞きでないなら、私の口から申し上げるのもはばかられます。忘れてください。この国には立派な神がもういらっしゃるというのに、どうして昔の邪《よこしま》な人間などを崇拝《すうはい》する輩がいまだにいるのか、私には理解出来ません。目の前には常に見守ってくださる神様がおわすというのに、過去の幻影ばかりを見るとは嘆かわしいことです」

「ああ、『再来』のことですか」

はて、妙に聞き覚えが？

「そうです。もう三百年は経つというのに、いまだに少しでも不思議なことが起こるとすぐに昔の邪な人間の話を持ち出して騒ぐのは、この国の悪い風習ですね。神にしか出来ない所業を出来るなどと主張するような人間なぞ、まさに邪悪な心で人々を騙そうとする悪《あ》しき人間に他なりません。なのにどうして人は信じてしまうのか。水脈を見るなど人間にはとうてい出来ないこと。どうしてそれを、人間の希望した場所に水を与えたもうた神の奇跡と思えないのでしょうか。何故、過去のいやしい人間の、実際にはあり得もしない伝説になぞらえてしまうのでしょうか。実に嘆かわしい。私は不思議でなりません。この前の説教の時間にも説《と》いたのですよ。奇跡を行うのは人間ではない、神なのだと」

そう言って神父さまは深い溜め息をつかれたのだった。

ほう……邪とな……。

なるほど？

すっかり普通に話題にしていた『月の王』、そういえば「話題にしてはいけない人」だったのを忘れていたよ。そして「海の女神」も同列なんだね。

私はほんのり、自分が王都に近づいてきたのを実感した。

なるほど。そういうことなのね？

「あなたもそう思うでしょう？」

って、私に聞かないでほしい。困るから。

私は仕方なく、ただ曖昧《あいまい》に微笑んだ。

◆◆◆

監査官という立場は、どうやら随分偉いらしい。

教会で神父さまとお話した次の日には、私たちはレンティアの市長さんの館に招かれた。

市長ですよ!?　町長より大物だよ!?

そそうがあっては怖いのでお留守番しようと思ったんだけれど、カイロスのおっさんに強制連行されました。

どうもカイロスさん、あの「セシルの再来」の噂を気にしているようで、あんまり一人でフラフラするのはやめろとのことですよ。

まあ、そこらへんの事情への対処なんて私は全くわからないので、そう言われてしまうと従う他ありません。

と、いうことで、連行です。しかも印象を変えるために、私、髪を後ろに一つに結んでいます。

なんなら伊達眼鏡もしましょうか？

　どうやら私の肩書きは、カイロスさんの助手です。でもなんにも出来ることないけどね！

「ようこそいらっしゃいました！　いかがですかレンティアは。今は交易も順調ですし、先日には前から悩まされていた盗賊団も逮捕出来ましてね……」

　まあ、政治の話はよくわからないので、私は目の前に並んでいるご馳走をひたすらいただきます。

　最初はちょっと会議とか、ただの話し合いとか、なにか出るにしてもお茶くらいだろうと思っていたけれど、これ、市長さん夫妻との、がっつり晩餐です。いやあびっくり。

　とりあえずは和やかに進む話をなんとなく聞きながら黙々と食べていたら、また例の話題が出たので驚いた。

「そういえば最近『再来』と呼ぶ話はご存じですかな？　そう、その、えー、ゴホン、『セシルの再来』です。どうやらことごとく水脈を言い当てたとか。おおさすが、監査官どのはご存じでしたか。あれはどういったことなんでしょうね？　そんなものがわかる人間なんて、本当にいると思いますか？　かつてセシルが水脈を教えたと言われている地で、またもや同じことが起こるなんて、出来過ぎとも言えませんかね？」

　ちょ、なんでそんなに有名になってんだ、私！

　やめてー！　本当にもう許して……。

「どうやら各地で探し始めているようですね？　特に教会が危険視しているようで。もしレンティアに来たら詐欺《さぎ》罪で即刻逮捕すべしと、うちの市の教会連中ももううるさくてしょうがありません。

でもわかっているのは若い女で、黒髪だということだけ。それだけでは到底見つけられるわけがないと思うのですが、あなた様はどうお考えです？　見つかりますかね？　どうやら監査官と一緒にいたという話もあるようですが？」


はい？　また!?　また私、逮捕の危機なの!?

ちょっと待って？　私がなにをしたというの？　井戸掘っただけだよ？

井戸掘らなかったら、今頃本当に死者が出ていたかもしれないんだよ？


なのに！　どうして!?　詐欺ってなに！


驚愕を顔に出さなかった私偉い。驚き過ぎて反応出来なかったとも言うけど。

「いやあ、監査官は他にもたくさんいますからねぇ、私も噂だけでして」

などとカイロスさんがのらりくらりとかわしているのを私は死んだ目で眺める他なかった。

なんてこと！

教会怖い。昨日の神父さまも本気だったけど、権力集団の本気って、半端なく怖い。市長をせっつくとか、なにしてくれてんの？

なんでよかったねーで終わらせてくれないんだろう？

なんにも悪いことしていないのに。……していないよね？

決めつけ怖い。権力怖い……。なんて、怖いんだ。

宿に戻った私は魂を手放していた。

真っ白よ？　私は真っ白よ。

なんにも考えられないよ。

私がなにをしたというの？

なんで犯罪者になってるの？

しかも問答無用だよ？　絶対話なんて聞いてくれなさそうじゃないか！

井戸は掘ったけど。でも、それはいいことよね？　あそこで見捨てていたら、今頃は違う意味で苦しかったに違いないよ？

どこで間違えたんだろう。水が出る前に逃げればよかったのか？　でも、それでも噂はどのみち出る。じゃあ、どこで……？

あれか？「龍の巣亭」でトゲを抜いた時か？

でも、トゲが刺さっていたら、抜きたくなるよね？　スポッといきたくなるよね!?　それで最後に逮捕って、誰が予想出来る？

ガックリしている私を、カイロスさんが慰めてくれる。

「まあ、まだお前とはバレてはいないんだから、大丈夫だよ。まだしばらくはな」

……それ、慰めになってる？

「でも、そのうち細かい情報が伝わったらヤバいかもな」

ひぃ〰〰。

私の楽しい旅を返して……。

私は無害な人間なんです。お願いだから放っておいて……。

「……まあ、無害かどうかは置いといて」

カイロスさん、遠い目やめよう？　そこは突っ込まないで。行間を読もう。ね？

「こりゃあ、しばらく仕事は隠密《おんみつ》にした方がよさそうだな。教会が相手だとさすがに分が悪い。後ろに国王がいる。今日連れていったのは失敗だったか……。オレもここまでになっているとは思ってなかったからなぁ。顔を覚えられていたら厄介だなちょっと」

やさぐれていた私はつい言ってしまった。

「忘れてもらう？」

あの暗示のやつで、忘れろって言えばきっと。

「……お前、たまにびっくりすること言うよな。つい今しがた無害とか言ってなかったか？　誰かさんは」

えー、そこ、呆れるとこ？

だって、他にどうすれば……。

うーん、痕跡残っちゃうかな……？

下手に足掻くと墓穴を掘ることになるだろうか？

今まで様々な物事を収めようとしてきたのに、なんか、綺麗に収まったためしがない気がしてきたよ。

何故なんだ……。

「なんか巻き込んでごめんね？　もしも煩わしかったら、別行動でもいいよ？　お仕事続けて？」

と、言ってみたが。

「はあ？　なに言ってんだよ。今さら見捨てるわけねぇだろ。今回のことはオレにも責任があるしな。井戸掘れって言ったのも、他にも探せって言ったのもオレだ。気にすんな」

やだ、おっさんカッコいい……。

「出来るだけ早くシュタープに行った方がいいな……。シュタープに着いてしまえばいろいろやりようはある」

カイロスさんが呟いた。

私は疲れ果てていた。ちょっとショックでなにも考えられない。

……とりあえず寝るわ。今警察が押し掛けてくることは……ないよね？

◆◆◆

朝起きて、最初に感じたのは怒りだった。

昨夜の衝撃から、一晩寝て起きた朝。

ふつふつと怒りが湧き上がってきた。

何故詐欺と言われないといけないの？　伝聞だけで。

いや、そう思う人がいてもいいのよ？　それは個人の自由。

だけど、それで実際に逮捕とか言い出すのはやり過ぎじゃない？　確たる証拠もなしに、誰も逆らえないような大権力を振りかざして言ってはいけないんじゃないの？　なんなの？　魔女狩りなの？

そう。きっとこれは魔女狩りなんだ。

得体が知れないから、という理由で排除する。

危害を加えられるかもしれないという不安から攻撃する。

私はその対象になったのだ。

なんという理不尽！

決めた。私は戦おう。

ビクビク隠れるのではなく、積極的に、逃げるのだ！

権力の網を掻い潜《くぐ》り、完璧に隠れてみせる。

私に出来ることはなんでもやって、私の平穏な旅を死守するのだ。

え？　正面から戦え？

嫌だよ。

相手は宗教だよ？　綿々と国単位で戦争しても全然決着がつかないようなもの相手に、個人で戦うなんて自殺行為だ。相手は圧倒的多数で、しかも自分たちこそが正義だと信じている。その上その宗教は今、国王が全面的に支持しているのだ。無理だよ。

私はひっそり生きたいの。

面倒なんて御免なの。

ケンカなんてするより食べ歩きする時間の方が大事なの！


もう怒った。本気出す。


と、いうことで。

コップを出す。水を汲む。そして呼ぶ。

セレン。

「はいはい～おはようさんセシル～～～。……なんぞ怒ってる？」

コップの上に小さな龍……いや蛇がご機嫌で出現した。

私はきょとんとしているセレンに、かくかくしかじかと説明した。

「なるほどのぉ～。しみじみ人間とは小さいものよのう……。そんなものいつでもワシが水に沈めてやるよ？　やろか？」

いやいや。そこまでは。私はひっそりしたいんだって。

ただね？　こうなると、カイロスさんを巻き込むのよ。

でもね？　私、名前を今シエルって名乗っているのよ。

かくかくしかじか。

一応、現状の説明はしないとね。あと希望と。

そして。

「おはよう！　おっさん。ちょっといい？」

私はカイロスさんを呼びに行った。

カイロスさんが私の部屋のセレンを見て固まる。

部屋の机の上のコップの水の、そのまた上には、半透明の白い蛇。

おっさんには感謝している。一緒に旅をしてたくさんいろいろ教えてくれて。困った時には助けてくれた。なんだかんだと面倒を見てくれて、今回も一緒にいてくれる。

もう、仲間だよね。旅の仲間。だと私は思っている。たとえ下心があろうとも。

多分この人の性格的に、なにかメリットを感じて一緒にいるのかもしれないけれど、それでも付き合ってくれているのだ。

だから、もう私の出来ることを隠すのはやめた。

私はまだ「シエル」でいたい。

旅を楽しむただのシエルでいたい。

伝説のセシルとは全くの別の人間として、ノンビリのほほんと過ごしたい。

だから、この生活を守るために、私は周りを巻き込む。

私の我が儘《まま》かもしれないけれど。

なりふり？　え？　かまっている場合じゃないよね？

「これ……水龍か？　お前……若いのか？　その姿……。セイレーンのじいさんはどうした？」

『セイレーンじゃよ？　小さい時はこっちの姿なんじゃよ。可愛いじゃろ？』

あ、それがセレンの本名なのか。セイレーンが言えなかったって、どんだけ小さかったんだセシル。まあいいか。

「どうしたんだシエル、これ」

「え？　友達になった」

「友達ってお前……。まあ水属性だとは思ってたけど、そこまでか……やっぱお前オレの嫁に、こ」

「お断りします」

『ほっほっほ～』


「おっさん、私戦うことにしたの。全力で逃げる」

「そっちかよ」

おっさんがニヤリとする。

「宗教相手にガチで戦うなんてナンセンスだよ。勝ち目ない。だから、全ての力を使って逃げることにした。水龍の手を借りてでも。で、セレン、どうすればいいと思う？」

「おい、勢いだけかよ……」

あら、おっさんがガックリしている。

だって、なにが出来るか知らないんだもーん。ねえ？

『そなたなら、水に触れれば辺りの水が見ている風景が見えるだろうし、聞こえもするよ。水が覚えている限り、過去にも遡れるだろう。今はワシが手伝ってやろう』

おっさんがヒューッと口笛を吹いた、

「いいな。イカロスではなかなか部屋の中まで行けねえんだよ。水だったら部屋の中にあるからな」

なるほど。では早速。

あ、ちょっとその前に。

「おっさん、今から私とおっさんの間にチャンネル作るから」

そう言ってから、おっさんの意識と私の意識の間に橋をかける。橋というよりはパイプか？

「うおっ!?」

「繋がった？　普段は閉じるからね。必要な時だけ開けるから。そっちからも鍵も掛けられるようになっているから、安心して？　でも私がノックした時には開けてほしい。あ、今は開けといてね？」

本当はシャドウさんとしていたように、触れていれば都度繋がるんだけど、その度におっさんと触れ合うとか、ちょっとね？　抵抗がね？　やっぱりね？

「お前、随分怒ってんのな……。なるほど。これは便利だな。ありがとよ、オレも使わせてもらう」

では。

セレンの乗っているコップの水に指を浸して意識を溶かした。

「さっきの女、怪しいな……一応報告しておくか。私の話にも心ここにあらずといった様子だったし……」

「では、筆記用具をご用意しましょうか？」

「そうだな、ああ、いや、今はいい。もう少し探りを入れてからにしよう。どこかで会えるといいんだが……まあ、教会に祈りに来ないなら、それはそれで神への信心のない証拠にして報告すればよいか……」

この記憶は花瓶の水なので音声だけだったが、場所はどこだかわかっている。あの神父の部屋だ。今は……、カチャカチャ音がするので、食事中か。

そのあと私は教会の中にある水の記憶を一通り高速でスキャンしたあと、意識を市長さんの館に移した。

「あなた、今日の監査官の助手というという方、黒髪でしたわね？」

「うむ。だが、それだけでは疑えないだろう。黒髪は少ないとはいえ珍しいというほどでもない。監査官も、親族の所まで送り届ける途中だと言っていたしなあ。おとなしそうな娘だったし、証拠もない。あんまり迂闊なことを言って、無実の人を罪に問うのはいけないからね。お前も気を付けてくれよ？」

「もちろんですとも。だって私はセシルの味方ですからね。この『再来』の方には『月の王』のような素敵な殿方がもういらっしゃるのかしら？　いるといいわねえ？　今度こそ真実の愛を貫いてもらって……」

もういいや。とりあえず奥方は味方っと。

「便利だな、これ」

カイロスさんが目を白黒させている。

「お前……怒ると結構こえぇ奴だったんだな……まあ、なんとなく知っていた気がするけど」

と言って、ニヤリと笑った。

◆◆◆

カイロスさんと打てる手を考える。

作戦会議だ。

目的は、市長を抑え、神父を黙らせる。

そして素早く逃走。

正直気が進まない内容だけど、特に神父さまを敵に回すとこれから時間稼ぎが難しくなるかもとのことなのでしょうがない。

私はまず、教会に向かった。

神父さまのお説教を目立つ服を着て拝聴する。

そしてそのあとご挨拶だ。

「神父さま、とても素晴らしいお話でした！　私、この街に来て初めて教会というものに来たのですけれど、こんなありがたいお話を毎日拝聴出来るこの街の人たちが羨ましいです！　今まではあまり考えたことがありませんでしたが、これからは神様を感じて、感謝しながら旅をしたいと思いますう〜」

と、すっかり心酔した、という感じに渾身の演技を披露してみました。まあ私の演技力はお察しなので、ボロが出ないことを心から祈る。

頑張れ私！　バレそうだったら自分に暗示もかける所存！

「おや、今までは神様を身近に感じる機会があなたにはなかったのですね。それは不幸なことです。このような大きな街だけでなく、本当はもっと小さな街にも教会があるべきだと私は常々思っているのですよ」

「全くその通りだと私も思います！　私もなにかお力になれればいいんですけれど……」

としょんぼりしてみせる。

「私の主がこの街を出立《しゅったつ》しようと考えておりますので、もうこの教会に来れないのが残念です……。でもこれからは教会のある街に行った時には、必ず教会に行って、神様に感謝を捧げたいと思いました〜」

「そうですか。それは残念ですね。しばらく滞在なさるなら、私もたくさんお話したいことがありましたのに。ちなみに今後はどちらに向かわれるご予定ですか？」

「はい、私の親戚が南におりますので、南に向かいます」

本当は東だけどな！

「そうですか、あなたの旅に神のご加護がありますように」

「ありがとうございます！」

にっこり。ついでに勢い余って神父さまの手を握る！

「あっ！　すみません！　つい……慣れ慣れしくしてはいけないですよね……」

さすがに顔を赤らめるなんていう芸当は出来ないが、一見私も若い娘、さすがに嫌がられることはないと信じたい。

目的は、私と触れ合ったという記憶を残すため。

たぶん『再来』には「触れない魔術がかかっている」という噂も広まるだろうから念のため、というカイロスさんの作戦だ。

私からは触れることは何故か話題に上がらないので逆手にとるのだ。

私は『再来』ではないのよ〰〰。

頑張れ私！　女優になるんだ！

「いえいえ大丈夫ですよ。道中お気を付けて」

「はい！　神父さまもお元気で……！」

ふう〰〰。ミッション1、終了です。

慣れない慣れない。でも頑張る。逮捕されて魔女裁判にかけられることに比べれば耐えられる。


さて宿でおっさんと待っていると、火の鳥イカロスが帰ってきた。

『逃がしてきたよ〜。さすがプロの盗賊たちだね！　ボヤ騒ぎを起こしただけで、凄い手際で脱獄してたわよ〜』

いいのかこれ……。

イカロスは、昨夜市長が捕まえたと言っていた盗賊たちを逃がしてきたのだ。

ちょっとまだ納得がいっていないんだけれど、でも。

「おっしゃ、じゃあ行くか！」

とカイロスのおっさんはやる気満々だ。

いいのかなあ、これ、犯罪じゃないの？　ま、いっか。逮捕されて以下略。

「監査官さま、よくいらしてくださいました、ただ、ちょっと今取り込んでおりまして……」

「おやあ？　どうされました？　そういえば外が騒がしいですねえ。なにがあったのですか？」

などと白々しく市長を問い詰める。

監査官に隠し事もまずいのか、市長が渋々盗賊たちの脱獄を報告している。うん、ごめんね……。

下手に隠すと疑われる立場だよね……。

「それは大変ですね！　私もお手伝いしましょう！　おい、行くぞっ！」

対しておっさんは明るく元気満々だ！

イカロスが姿を隠したまま盗賊たちを追う。そして私とおっさんがそのイカロスの気配を追う。

「この方向だと、山だな。俺たちが下りてきた方か。まあ、そこで一旦落ち合ってから逃げるんだろうな」

おっさんニヤニヤしているよ。

そうだね、森だったら暴れやすいもんねえ。

この街は山に抱かれているような地形なので、三方が山だ。一度入ってしまうと捜すのが大変になる。普通はね。実際、市長の出した追っ手は盗賊たちを見つけられていない。団体さんになると、どうしても動きが遅くなるしね。

イカロスのお陰で私たちはすぐに盗賊たちに追い付いた。メンバーが揃うまで留まっているらしい。仲間思いだこと。

盗賊たちが全員揃ったのを確認する。

「じゃあ行くか！」

はいはい行きましょー。

「おーい、お前ら、脱獄なんてダメだろ～？」

どの口が言ってんだ……。

「おとなしく捕まれよ～」

「なんだコイツ！」

いきり立つ盗賊たち。

まあ、そうだよねえ。普通そうだよねえ？

うん、ごめんね？

全然動けないよ。

「カチリ」

結界のせいで体が動かせなくなって、顔に？マークを盛大に浮かべている盗賊たちに、おっさんが形ばかりの派手な攻撃を加えて転がしていく。そして持参した縄でちゃっちゃと捕縛《ほばく》。

うん、おっさん楽しそうだね……。

結界を解かれた盗賊たちは、縄に繋がれたままカイロスさんに市長の所まで連行されたのでした。

なんだこの茶番。

「ありがとうございました。こんなことになって、いやはやお恥ずかしい」

そうだね、取り逃がした上に他所で暴れられたら自分の評価駄々下がりだもんね？　しかも逮捕してすぐ逃げられてなおさらだよね。

「いやあ、向こうもプロの盗賊団ですからねえ、ショウガナイデスヨ。お役に立ててヨカッタデス」

大丈夫ですよ〜報告には入れませんから〜わかってマスヨネ〜？　オタガイサマダヨネ〜？　と、ごりごり恩？　を売るおっさん。怖い。

え？　私？　怖かったですぅ。でもカイロスさんが心配で付いていったら、バッタバッタと盗賊たちを倒していて凄かったですぅ。

はあ……。やれやれ。


最後に仕上げ。

「神父さま、私たちはもう出立します。でも私、神様の素晴らしさを教えてくださったこの教会のためになにかしたいと思ったのですが、全然いい考えが浮かばなくて。でも気持ちがそれでは収まらないので、これを受け取ってください！」

と言って、小切手を手渡した。

最後は金で殴る。

結構、いや、凄い大金よ？　これ。

金額は十分に賄賂《わいろ》になって、でも身元が「とても裕福な家の娘」にだったら、頑張ればもしかしたら出せるかもしれない額だ。カイロスさん本当に物知りだな。

「これはこれは、素晴らしいお心ざしをありがとうございます。神もあなたの行いを褒めてくださることでしょう。お嬢さんに神様の祝福がありますように。南への道中気を付けて」

しずしずと退場。

さあ！　逃げるぞ！

◆◆◆

「監視がいるとまずいからな、一旦南に出てから進路を変えるぞ」

というおっさんの主張で、一旦公言した通りに南にある町に向かうことにする。

「監視って、いるの？　やっぱり疑われている？　結構頑張ったのになー私も懐《ふところ》も」

「まああれはよく頑張ったよな、特にお前の旦那の財布が」

あ、はい……。

「大丈夫なのか？　あんなに出して。まさかオレの言った理想の金額をポンと出すとは思わなかったぞ。金がなくなったら言えよ？　貸してやるから」

「……凄い高利で貸された上に、恩まで着せられそうなので、全力でそうならないように努力します！　でも、まあ実は大丈夫。正直あんまり痛くない。私の『だんなさま』太っ腹みたいよ」

「まじか……。あれが痛くないって、どんな富豪だよ。ほんと何者だ？　あいつ。得体が知れないよなあ……」

などと、今朝ほど私が作ったチャンネルを通しての会話をお送りしております。

結局、一番安全に会話が出来る状態がこれだったのよね。やってみるととっても便利。

お陰で一見、無言でぼーっとしながら歩いていて、たまに吹き出したり驚いたりする怪しい二人組になってますよ。

もし監視が見てたらイロイロ疑われそうだな。主に頭が。

でも、誰にも聞かれないというのはとても助かる。今までしにくかった話も出来るというものだ。


「もともとこの国は『月の王』の人気が根強過ぎるんだよ。ついでに『海の女神』もな」

何故井戸ごときでと、不思議がる私に、おっさんは教えてくれた。

「正直今の国王は『月の王』ほど人気がない。『月の王』はなにしろもともと王様で、超人的な能力があった上に悲恋の主役で、そして今は死んでいてもういないときている。もう美化されまくっているから今の国王にとっては目の上のタンコブなんだよ。国民に常に比べられていてまあつらいと思うよ？　だから、他に信仰の対象を作って、『月の王』はイメージを悪くして遠ざけたい。その手先機関が教会だ。だから教会はちょっとでも『月の王』を思い出すようなモノは見逃せないし、全力で叩きにくる」

うへえ、なるほどな。

「あれで疑いが晴れていればいいんだけど……」

なにしろ逮捕怖い。魔女裁判に勝てる気なんて全然しない。

「まあどうだろうな。神父の性格にもよるだろうし。でも、ちょっとは躊躇《ちゅうちょ》するんじゃないか？

さすがにあの金額寄付されて、心証悪いままってことはねえだろ」

結局金か！　一番効果的なのは金なのか！　せちがらいな！

「水汲んで見てみるか？　今頃ホクホク言ってそうだぞ？」

なるほど？　それは見てみたいかも。でも水を汲んだり目を瞑って立ち止まったりしたら、監視がいたら怪しまれそう。そうでなくても周りに人がいないわけではないのだ。しょうがない。なんとか歩きながらやるか。

「水はいいけど、じゃあちょっと目を瞑るから、上着持っていていい？　躓《つまず》きたくないから」

「あ？　いいけど、面白そうだな。チャンネルとやら開けとけよ？」

アイアイサー。では。

意識をレンティアの教会に飛ばす。神父は……いたいた。見えたのは。

「あの娘、何者だ？　こんな高額な寄付をしてくるとは」

「それはよかったですね、神父さま。なかなか中央から遠いと寄付金も集まりにくいですから、助かりますね」

「うむ……。あれはただの世間知らずな箱入り娘だったのかもしれぬな。きっとこれからは信仰と共に正しい道を歩むであろう」

「ではもう監視は解きますか？」

「うむ……そうだな。言っていた通りに南に向かったようだし。取り越し苦労だったのかもしれない……」

そう言って小切手を金庫にしまう神父さまだった。

いたよ！　監視！　付いてたよ！

しかし金の威力って凄いな……。やだなー大人の事情って。

まあ、頑張ったかいがあったというものだよ。主に財布が。しくしく。

「……ふーん、今のところいい感じになったな。これでオレの名前だのお前の詳しい容姿だのが伝わらなければこのままになるかもな。まあ、バレたところで、その時にシュタープに入ってさえいればなんとかなるだろ」

「ところでなんでシュタープにいるとなんとかなるんですかね？」

「えー？　そりゃあ、あそこにはオレの知り合いだの友達だのの有力者がいっぱいいるからだよー。権力ってすげえよ？　たいていの無理は通るからな。お前の存在を隠すなんて簡単だぜ？」

おう、凄いなー権力って。そりゃあ欲しがる人がいっぱいいるわけだ。

え？　私は要らない。……と、思っていた。昨日までは。今？　今は、うーん、ちょっとならあってもいいかと思い始めたよ。

ああ……なんか汚れていく気がするよー。

私は一介の旅人でありたいだけなのに……。

誰にとっても無害な、関心なんて引かない人でいたいのに……。

どうしてこうなった。しくしくしく。

「で？　お前、これ水龍関係なく見てたよな？　てことは自力でやってるな？　どうやってるんだ？　相変わらず道具も詠唱もなしで。なんなの？　そんなにホイホイやってみせてるってことはどうせお前、またなんにも知らないでウッカリやったんだろ。ほんとなんなのお前？　世の中の魔術師から嫉妬で刺されても知らねえぞ？　目を瞑るだけとかふざけてるな。くっそう！　羨ましい」

あれ？　そうなんだ？　実は目を瞑らなくても出来ますとは言えないな……瞳の色を隠すためなんてもっと言えないから、まあ黙ってるけどさ。

そうか、普通は道具とか詠唱とかが要るのね。

へえー。道具ってなに使うんだろう？

そうこうしているうちに、レンティアの南隣の町に入った。

とりあえずそこでなにをしたかというと。

地味――な服にお着替え。

私は髪を一つに結んで帽子に出来るだけ隠し。

伊達眼鏡も買っちゃうか！

鞄も替えて。靴も替えて。

出来るだけ見かけを別人に。

そして私は、無精髭を伸ばし始めたカイロスさんと、改めて東に舵を切ったのだった。

地味におとなしく、目立たずに。

そうしてしばらく経ってみたら。

私は有名な、教会のお尋ね者になっていた。

何故なのー!?　しくしくしくしく。

どんどん状況が悪くなっていく。

ちょっと大きな街に着いて、様子を見るために教会に行くと、必ず私が糾弾《きゅうだん》されているのだ。大ボラ吹きの詐欺師だと。

そして教会がそれほど躍起になるくらい、今何故か「海の女神」の人気が上がっているのだ。なんでだ。

いや知っているけど。

なんと、井戸掘りの騒動の時にいた人間が一人、タルクの長雨を止めた時にも、私がタルクにいたのを思い出したらしいのだ。

どうやら同時期に同じ旅をしていたらしい。女の旅人が珍しいのが災いした。

思い出すなよー頼むから。

せっかくシャドウさんもとい「だんなさま」頑張ったのに……。上手く誤魔化せたと思ったのに
……!

で、そいつが得意気に吹聴《ふいちょう》したもんだからさあ大変。水脈を見つけた女は雨をも止めた、まさしく「海の女神」と騒ぎが広がり始めたのだ。そうなるともう止まらない。同時期に三ヶ所止めたか

ら始まって、やれあっちの街のあの長雨も、こっちの街の台風も、なんでもかんでも「海の女神」のせいではないかと尾ヒレが付きまくってきている。

人は信じたい話を信じるって本当だね……。

頼むよ。やめて。お願いだから。

半端に真実が混じっているのが怖い。

最近なんて、その男の証言とやらから作ったらしいブロマイドまで見た。すっごい美人になっていた。照れる。いや違うって。そうじゃない。

考えようによっては、それは指名手配写真とも言えなくもないのだ。黒髪だとか、黒い目だとか、そんなことが一目瞭然《りょうぜん》なのだから。

ヤバいよー嫌だよー困るよー……。

私は必死で考えた。ない知恵絞って考えた末、とりあえず結界を張ってみたよね。

気配を消すよ。なんにも出さないよ。

「カチリ」

するとおっさんが、

「おおー、なんだか存在感なくなったな。なんだそれ、どういう仕組みだ?」

と言っていたので、とりあえずは成功したらしい。

やってみるもんだね!

確かにそれ以降は、こちらから話しかけないと私の存在に気付いてもらえないことが多くなったので、嬉しくなってずっとこの結界をかけっぱなしだ。

お願い誰も私を見つけないで。

私は気ままに食べ歩きがしたいのよ。のんびり観光したいのよ。

得意気に言いふらした奴、許すまじ。でも絶対に再会しませんように。


そんなグッタリしていたある日、おっさんが、

「ちょっと寄り道していくか」

と言い出した。

「魔術師にとってちょっと面白い街があるんだよ。気晴らしに見せてやるよ」

ほう？　面白い街？　ほうほうほう？

頑張る。私、そこに行くまで超頑張るよ！

第七章

私たちがその街、アトラスに入った時には、なんと『セシルの再来』の偽者さんが各地に出現するくらいには騒ぎが大きくなっていた。しくしくしく。

みんな本当に好きだね、古《いにしえ》のセシル。

でも考えようによっては、むしろ私は隠れやすくなったのかしら？

『再来』でございと言っている人の隣でこそこそしている人が本来の話題の主とは思わないよね？

え、だめ？


アトラスは、なんというか、気持ちのいい街だった。なんだろう、あたたかい。これは……なんとなく、あの『龍の巣亭』を彷彿《ほうふつ》とさせる感じ。

もしかして？

私はこっそり目を閉じて、気配を探ってみた。

ああ……やっぱり。

ここも、地下を流れる巨大なエネルギーの一部が吹き出す出口になっていた。

綺麗に空まで吹き上がる、地下から漏れ出たエネルギーがキラキラしている。

「な？　ここは昔から魔術師たちが好んでやってくる街なんだよ。何故だか魔力が補充されやすいし、魔力を使ってもあんまり減らないんだ。不思議だけどな」

「うん。魔力を補充するエネルギーがたくさんある土地なんだね」

ふんわり言っちゃうよ。

「へえ？　お前そういうのも見えるのか？　相変わらずいい目だな」

「まあ見えるというか感じるというか？」

「へえー？」

でも温泉は造らないんだね。んー？　なるほど、地下に温かい水脈がないんだ。そう考えると『龍の巣亭』はエネルギーの出口と温泉の水脈が重なる珍しい場所だったのかもしれない。なるほど。

そして、ちょっと遠くを見てみると、この上昇するエネルギーの流れを綺麗に街全体に拡散させるような魔術がかかっているのが見えた。

凄いよ？　街のど真ん中の上空に、キラキラした巨大なクリスタルボールみたいなものが浮いている。それがエネルギーを反射して、上昇していってしまううちの一部を地上に拡散させていた。

「綺麗だねえ……」

思わず呟いた。

カイロスさんが不思議そうな顔をしている。そうか、見えないんだね。見せてあげようか？

繋がっているチャンネルを通して、見えたクリスタルボールの映像を送ってあげよう。感動を共有だ。

「おおっ!?　すげえな！　こんなんなってたのか！　お前、本当にいい目だな！」

感動してくれたようで、なによりなにより。

「あのクリスタルボールは魔術で、地下から上がってくるエネルギーを反射して地上に降らせているよ」

「そんなこともわかるのかよ。すげえな」

ふっふっふ。もっと褒めてもいいのよ？

「じゃあ、あとであの魔術を管理している奴に会いに行くか」

え？　知り合い？　あれを一人で!?　凄いね！　行く行く！


着いたのは、とあるアンティークショップだった。

カイロスさんはズカズカと入って店主に声をかける。

「カイル！　久しぶりだなあおい！　相変わらずこの店暗《くれ》ぇな！」

カイルと呼ばれた店主は三十歳くらいの若い男の人だった。黒い髪、グレーの、目。その目が細まる。

「暗くないと商品が傷むでしょう。なに言っているんですか。知ってるくせに」

そして、面倒なヤツが来たから、とバイトらしき人に言って店の奥に行ってしまった。

おっさんもそのままズカズカとあとに続く。慌てて私も追いかけた。

奥にはもう一つ、お店みたいな部屋があった。

「お久しぶりですね。何年ぶりですか？　今日は素敵なお嬢さんをお連れなんですね？　ふむ……でも奥様ではない」

おお、わかるの？　そんなこと。

「……というか、その方人妻じゃあないですか。いいんですか？　そんな人を連れ歩いて」

あれ？　そういえば、私、気配を消す結界を張っているよ？

なんかイロイロ見えているみたいだし、実は凄い人？

「おお、カイルさすがだなー。で、ものは相談なんだけどさ、この人妻、別れさせられない？」ニヤリ。

って、別れないから！　なに言ってるんだ。てかまだ言うか！

「うーん、ちょっと難しそうですね。結構しっかりした結婚の絆みたいですし」

って、真面目に受け取らない！　カイルさん？　流していいのよ!?

みんな！　私の気持ちを聞いて？

「くっそう、カイルでもダメかー。いけるかと思ったのに！」

「私は！　今の『だんなさま』がいいって言ってるでしょ！　いい加減にして。なんてこと言うんだもう」

私の！　意見を！　聞け！　ゼエゼエ。

「だって、こいつ、聖魔術師」

はい？

「普通の結婚だったら無理やり吹っ飛ばせるかなーと思ったんだけどなー。やっぱ無理かー。くそう。あの旦那しっかりしてやがる」

おい、おっさん言っていることが物騒だよ？

ありがとう「だんなさま」、しっかりしておいてくれて！

もう嫌だよーこのおっさん。なんでも好きなように無理やりやろうとするよね！　絶対嫌だ。捕まりたくないわー。くわばらくわばら。

で。カイルさん？　なにやら空中を摘まむ動作は、なに？

「ふむ……。随分としっかりしていますね。これほどしっかりしたものは見たことがありません。お嬢さん、いや奥様かな？　これはどなたが結んだ契約なんですか？」

あ、もしかして、私と「だんなさま」を繋ぐ糸を触ってた？　触れるの？　へぇー。

「うーん、私の『だんなさま』だと思います」

なんかカイルさんの視線が先を促しているけど、ごめんね、それ以上はわからないのよ。なので困った顔のまま黙るしかない。

というか、やっぱり契約なのね？　そうなのね？　正式なのね？

「今んとこ正体不明だ、そいつ。そんで今は眠るとか言って消えたまんまだ。ちなみにすげぇ過保護だから、こいつには誰も触れない魔術の他に、なにやら山ほどの防御魔術もかけられてる」

おっさんが補足してくれた。

「なるほど……ちょっと失礼？」

と言ってカイルさんが私の全身に、くまなく手のひらをかざしていく。

なにこの勝手にいろいろ調べられている感じ。私のプライバシー大丈夫かな。

と、私の左手に手をかざした時に動きが止まった。

ん？　あー、なんか光ってたな、結婚の宣誓をした時に。確か魔法陣が浮き出た所だ。

左手を机の上に置かされて、カイルさんは改めてその甲の、かつて魔法陣が浮き出た所辺りをなにやらしみじみと調べている。

カイルさんの瞳が白く光っている？

なんだろう？　なにかの能力を使っていた。

魔法陣が残っているのかな？　そしてそれが見えている？

しばらくするとカイルさんが目を閉じ、天を仰いで深い深い溜め息をついた。

「歴史は繰り返すということですか……」

カイロスさんの眉がピクリと上がる。

「どういう意味だ」

「そういう意味ですよ」

意味ありげにカイロスさんを見やる。

「今回はあなたが先を越されたんですよ。残念でしたね。この結婚の契約は切れません。この契約を結んだ本人以外は無理でしょう。同じ轍《てつ》は踏まないということですよ」

「まさか……？」

カイロスさんが絶句した。

なになに？　私だけおいてけぼり？

「多分」

「…………くっそう！　くっそう!!　や　ら　れ　た――っ!!」

おっさんが、絶叫した。

だから、私を置いてかないで⁉

◆◆◆

「マジか！　マジなのかっ‼　くっそう！　くっそう‼　やられた！」

カイロスさんがまだ叫んでいる。どうしたどうした⁉

おっさん、「だんなさま」を知っていたってこと？

私にはなんにも見えないんですけど……？

そんな私の様子を見て、カイルさんが怪訝《けげん》そうにたずねる。

「彼女はなんで不思議そうな顔をしているんです？」

「こいつは記憶がないんだよ！　自分がどこの誰かもわからないの。騙された！」

失礼な……。

「なるほど……ではなにも知らないということですか」

「そう！　こいつにとっては全てが他人ごと！　当事者意識ゼロ！　お陰ですっかり騙された
……」

おーい、置いてかないでー？　私の話題なのに、なんにも見えないよ？

「どうりであいつ、シュターフ行きを渋ったわけだ。あれからだよ、こいつにベタベタ見せつける
ようにくっつき始めたの。ちょっとは危機感があったってことか」

おっさんがガシガシ頭を掻き回している。

そういえばそうだったかな……？　うん、そんなだったかも。デレた「だんなさま」が頭をよぎる。

「で、どういうこと？」

そろそろ痺《しび》れを切らしてもいい頃よね？　私よく我慢したよね？　でも。

「…………シュターフに着いてから教えるわ。今はダメだ。どうせ納得いかねぇだろうよ。しかも長くなる。シュターフに着いたら記録があるから、それ見せながら説明してやるよ。来るよな？」

おっさんは力一杯ジト目をしながら言ったのだった。

記録？　じゃあ私はシュターフとなにか関連があるのね？

と、思ったけど。

「ごめん……じいちゃん……オレ、しくじったよ……くっそう……どうりで……くっそう、どうりで！」

と言って頭を抱えてしまったので、なんだか、聞けなかった。

カイロスさんがしばらく浮上しなさそうなので、カイルさんがお茶を出してくれた。

あ、美味しい、このお茶。

「本当に記憶がないのですね？」

「はい。全然。」

「では、ご主人とはどこで会っていつ結婚されたのですか？」

なにこれ尋問《じんもん》？

「あー気付いたら目の前にいまして。で、結婚式をしようと言われて承諾したらその場で……。あれが何処だかはわかりません」

「なるほど」

なんだか、カイルさんはそんなにショックを受けているようには見えない。

カイルさんはにっこりして続けた。

「私は魔道具屋をやっておりまして。あ、表の店はカモフラージュなんです。この部屋が本当の店でして。あなたとはぜひ末永いお付き合いをしていただきたいですね。ここにはなんでもありますよ？ なにかご入り用のものがありましたら、いつでもなんなりと言ってください。ご希望はございませんか？」

おお、商人になった。

魔道具かー。憧れの。見てみたかったやつだ！

ここにあるもの全部？ 見せてもらおう！

あ、その前に。

「そういえば、お聞きしてもいいですか？ カイロスさんがあなたを聖魔術師と言っていましたが、聖魔術師ってもういないと聞いていました。実は他にもいらっしゃるものなんですか？」

まあ言ったのもカイロスさんなんですがね？

「ああ、そうですねえ。表向きはいないことになっています。私も逮捕されたくはありませんからね？ 他にもいるかどうかは、私は知らないんですが、今まで聞いたことはありませんね」

逮捕されたくない仲間、見ーつけた！　わーい親近感！

「なるほどー。とっても希少な方なんですねぇ」

なんて感心していたら。

「あなたほどではありませんよ」

と返されてしまった。


まあね？　私も鈍感ではないので、なんとなーく予想はついているんですよ。

ただ実感がね……ないのよね。全然。

お陰でカイロスさんの言っていた通り、気持ちが他人事なのよ、どうしても……。

しかも、カイロスさんとシュタープが、セシルとどう関係しているのかもさっぱりなのよねぇ。

想像もしていなかった。なんか……どうも因縁ちっく？

まあ、いいや。シュタープに着いたら説明してくれるらしいし。今の私に出来ることなんてなさそうだ。聞きたいことも聞いた。よし。

憧れの魔道具！　見せてもらおう！


私は一通りの魔道具の説明をしてもらった。

なにこれ楽しい！　いろんなのがある！　中には想像もつかなかったような用途のものまであって面白い。

告白石やら後ろが見える鏡やらの可愛らしいものから、絶対に出られない檻とか人に触れると雷が出て火傷をさせる剣とか物騒なものまで。小さなものから大きなものまで、出てくるいろいろなもの。どうやら奥には倉庫もあるみたいだ。

「全て私が作っているんですよ。だからご希望があれば、お作りすることも出来るかもしれません。なにかご希望はありませんか？」

ほうほう？　作っている？　凄いね！　作れるんだ。

私が目をキラキラさせていたら、カイルさんが、

「あなたも多分、作れますよ。やってみます？」

と、言ってくれた。

やる！　やるやる～面白そう！

「基本は、自分が出来る魔術を道具に込める感じです。なので自分が使える魔術のものしか作れません。例えばあなたが今ご自分にかけている隠密の結界を、込めてみましょうか？」

おお、気配を消すやつ。隠密。なるほどね？

差し出された黒い石を持ってみる。キラキラしていて可愛いね。

カイルさんの説明にしたがって、石に魔力を込めて、その魔力に言い聞かせる。見えないよ。誰にも見えないよ。

「カチリ」

「お見事です。さすがですね」

カイルさんに褒めてもらったー嬉しい。

「……おい、さりげなくやらせてんじゃねーよ。無知につけこんで世界初のものを作らせるんじゃねえ。しかも物騒過ぎるだろそれ。値段高そうだな！　いくらだ？」

え？　なに？

というかカイロスさん復活した？

「カイロス、まだ落ち込んでいていいですよ？　では、この石でもやってみましょうか？」

えっと、やっていいのかな？　世界初とか言っている人がいるんだけど。

「気にしないでください。どんなものにでも最初はあるものです」

にっこり。

カイルさん、結構しっかり商売人だね……。

◆◆◆

私はその後、いくつかの魔道具を作らせてもらったあと一旦宿に戻った。もちろん、シオシオとうなだれたカイロスさんと一緒に。

「結局、隠密の石と、攻撃を弾く防御の石をいくつか作ってみたんだけど、売れるかな？　売れたら何割か利益を私にもくれるらしいよ？　売れるといいなあ～」

なんて話しかけてみたんだけど、おっさんは力のない目でジロリとこちらを見てくるのだった。

「……売れるに決まってるだろ。そんな魔道具あったら大金はたいてでも欲しい奴なんて山ほどいるんだよ。あとはどの金持ちに売るかだけだ。隠密だの攻撃無効だの、作れる魔術師なんてお前くらいだろ。なんなの嫌み？」

うわーやさぐれてる……くわばらくわばら。

こりゃダメだね、今はなにを言ってもひねくれて受け止めそう。

とりあえずとっとと宿に帰って寝てもらおう。

「晩ご飯なに食べようねえ～」

などと出来るだけ無難な会話だけしておこう。そうしよう。

「……なあ、お前が離婚したいって言ったらさすがにあの旦那も契約を解消すると思うんだけど、どう？」

どう？　じゃねーよ。

このおっさんには耳がないのか？

せっかく人が無難な会話をしようと思っているところに、なにを言い出してるんだよもうー。

「お断りだって言ってるでしょーが。何度聞いても同じです」

これ、チラとでも肯定的な返事をしようものなら言質を取ったと言って押し進められそうなので、私は出来るだけ関わりたくないです。寝言でも言っちゃダメだ、きっと。

「まあ、これから変えさせればいいか……」

だから！　人の！　話を！　聞け！

もう、早く宿に着かないかな……なんだその意味不明な使命感。迷惑……。

なんなの？　「じいちゃん」の呪い？

これが私を好きだって言うならまだわかるけど、この人、ただ私の魔力が欲しいだけだと公言しているからな。変わるわけないじゃないか。「だんなさま」の爪の垢でももらえ。愛は基本なんだよ。

その晩、私は厳重に結界を張って寝たのだった。

膝の呪い、手動で発動出来ればいいのに……。

次の日の朝。私はもはや恒例となった、街の教会に向かった。

今日こそは。今日こそは『再来』の糾弾《きゅうだん》はありませんように。なむー。

「……神は言いました。ありのままを受け止めなさい……」

なんとお説教しているのは、昨日、聖魔術師と紹介されたはずのカイルさんだった。

え？　なんで？

カイルさんと目が合う。にっこり。

うん、人違いではなさそうだ。あの人神父さままでもあったの!?

疑問はほどなく解消した。

カイルさんはお説教の時間が終わると私を神父の部屋に呼んでくれた。

「たまに神父の代理をするんですよ。今この街の神父は出張中でしてね。一応資格はあるので、最低限の仕事をね？」

なるほど？　確かに冠婚葬祭は、特に葬は待ってくれないもんね？

でも、聖ホニャララと神父さまと両方するって、いいの？　と、一応危なそうな単語は伏せ字で聞いてみると。

「まあ、それぞれ別の資格ですからねえ。しかももう一つのホニャララは普段はなにもすることはありませんし」

と別段問題なさそうだ。でも世界観が全然違って混乱しないのかしら？　もはや私の中ではその二つは敵と味方くらい違うんですが……。

カイルさん、器用だな。

「でも両方兼ねていると便利なこともあるんですよ？　例えば『再来』の情報とか、一番最初に入りますし」

ああー……。

「今流行りですよねえ。なにか目新しい話はありますか？」

「そうですね、昨日もまた二人ほど名乗りを上げたそうですが、どちらも髪の長さが違ったのですぐに偽者と判別したそうです」

髪の？　長さ!?

そんなことも知られているの!?

「ちょうどあなたくらいの長さなんですよ、本当は。あ、これは極秘情報ですので内緒ですよ？　でも教会は『再来』の目撃証言を集めて、かなり詳しい似顔絵を作っていますから、髪を切ってもわかりますけどね」

ひぃ――――！

「大変ですねえ、あなたも」

うん。まあ昨日の様子からして多分わかっているとは思っていたから驚かないよ。しれっと高度な魔術も要求してきたしね。しかしモンタージュも見ていたとは。

もしかして、思っていた以上に私、窮地《きゅうち》に立っている？

こっそり見せてもらったその似顔絵は、前に見たブロマイドよりもずっと現実的に私だった。

これはやばい……。のこのこ教会に偵察に行っている場合ではなかった。

「お困りですか？」

商売人のカイルさんが声をかけてきた。

「大変困ってます」

正直にゲロった。


「おーい、こっちにシエル来てるか？」

と、カイロスのおっさんがカイルさんの店に来た時は、私は真剣に魔道具選びの真っ最中だった。

「要は、一番目立つその黒髪を変えればいいのではないですか？」

というカイルさんの言葉に私は希望を見出した。

なんと髪の色を変える魔道具があるという。

素敵！　それを早く知りたかった！

何色にするかとか、デザインはどれにするかとか、久しぶりに私は真剣にアクセサリーを選んでいる。常に着けているものなら気に入ったものがいいよね！　幸いカイルさんのお店には、素敵なデザインの髪飾りがいろいろあった。うふふ、迷う～。あ、これ素敵～～～。

「なんだそれ、髪飾りか？　……なるほどな。髪の色を変えちまうのか。でもお前、自分で出来るだろ、どうせ」

「カイロス、余計なことは言わないでください。商売の邪魔ですよ」

あ、カイルさんが、すっごく嫌そうな顔をしている。

え？　考えたこともなかったよ。自分で？

ふむ？

ちょっとやってみる？

目を閉じて、自分の体を意識する。

全ての体毛の色、変われ。

「カチリ」

お？　なにかかかったよ？

「ほおー？」と、カイロスさん。

「………」と、無言のカイルさん。

「出来るじゃねーか、さすがだな。でも金髪はだめだ、金髪は。今度は教会だけじゃなくて王族から直接追っ手が来るぞ？」

あれ？　金髪になってたのか。え、王族？

「金髪は王族の証だ。黒髪より危険な色だな」

へえ、王族は金髪なのね。怖っ。解除解除ー。

「カチャ」

そして私はこの国で一番多いという地味ーな茶色に変え直してみた。ふむ。慣れないけど馴染んではいるかな？

「……簡単にやってくれますねえ。それでは私はあなたになにを売ればいいんでしょうね？」

とカイルさんに恨みがましく言われてしまった。

うーん。でもなにかの拍子にこの魔術が解かれてしまうと困るしね？　なにしろ初めての魔術なのだ。効果のほどなんて知らないよ。それにせっかくちょうど気に入った髪飾りもあったしね？

自分の魔術を今一つ信用出来ない私は、髪の色をツヤツヤのハニーブラウンに変える色変えの髪飾りを一つ買った。私の作った茶色よりずっと素敵。カイルさんセンスあるわぁ。

「これを着けていれば、私が気を失っても、びっくりしたりして全部結界を解除するようなことになっても魔術は効いたままなんですよね？」

「そうです。髪から外れない限り」

「お前の結界をうっかり解除するより、うっかり髪飾りが外れる方がありそうじゃねえか？」

うるさいなー。素敵なアクセサリーを買うのに理屈は要らないの！

「では、初回お買い上げ特典として、この髪飾りに『瞳の色を青くする』の魔術もかけておきましょう」

と言ってカイルさんは髪飾りに手をかざして詠唱を始めた。

まあ！　素敵！

「え、どうせお前それも自分で」

「「うるさい」」

カイルさんと私、見事にハモりましたー。

◆◆◆

さて、ツヤツヤのハニーブラウンの髪と、青い瞳を手に入れた私は、久しぶりに晴れやかな気分で街に繰り出した。

ああ……自由って素晴らしい！

うっかり髪留めが外れても、自分でかけた魔術の茶色の髪がこんにちはなので、私はどこからどう見ても自分の茶髪と黒い目が嫌だから魔道具で綺麗になろうとしている街の小娘ですよ。しかも隠密の結界も健在です。

完璧です！

いやあ、我ながらいい完成度ですね！

私の喜びようと、カイロスさんの連れということで、カイルさんが観光案内してくれるそうです。

教会のお仕事は大丈夫なのかしら？


「この街は前の王朝の、アトラという名前の国だった時の首都になるんですよ。だから街の名前がアトラスなんです。そのためこの街にはこっそりとアトラ時代の魔術が残っています」

「それが昨日お前が見せてくれたあのキラキラした浮いてるボールだな、きっと」

ええ、こんな危険な会話、もちろんカイルさんともチャンネル開通させて話してます。

カイロスさんがカイルさんにオススメしちゃったっていうのもあるけど。

「なるほど、あなたにはそう見えるんですね。あなたの見立て通り、その魔術でこの地に発生している魔力を、街全体に広げています。もともとは時の王である『月の王』がかけた魔術で、それを代々の聖魔術師である私の一族が保守のために定期的に補強の魔術をかけて維持しています」

へぇー、「月の王」の時代はアトラという名前の国だったんだ。今はトゥールカだよね？　で、聖魔術師は世襲とな。

「代々血縁の中で、一番魔力の強い者が跡を継ぎます。一族の魔力を出来るだけ弱らせないために。大抵の魔術師の家系はアトラの時代から同じように継承《けいしょう》するんですよ。カイロスの家も一緒です」

「まあ、オレは一人っ子だからな、競争はねぇよ？」

「ただ、一番強い魔力を持った王がいなくなってしまってからは、どんなに努力しても少しずつ弱ってきている一族がほとんどなんですよね」

なるほど。で、奥さんの魔力が重要になるんだね。一族の魔力を維持しようとしているのか。カイロスさんが必死なのはそのせいなのか。

「聖魔術師ってえのは、昔の神官なんだよ。王様を支える側近の宗教担当。だから結婚式も執り行うんだ」

「まあ、今はやりませんけどね？」

「でも、出来るんだろ？　じゃ」

「今は教会があるもんね！　そっちでヤレバいいよねぇ〜！」

ダメよ〜ダメダメ！　それ以上この会話を続けたら、きっとまたおっさんが面倒くさいことを言い出すよ！　ハイ終わり～。

　きっとその時代のものなんて、他にはなんにも残っていないんだろうな。魔術師の一族なんて初めて聞いたよ。きっとひっそりと生き延びているんだろう。王朝が代わるということは、きっとそういうことなんだろうね。

　私は街のど真ん中の上空に泰然《たいぜん》と浮かぶ、クリスタルボールの真下に来た。ちょっとした広場になっている。その真ん中に立って見上げてみた。結構大きいよ？　一体どれだけの魔力が詰め込まれているんだろうねえ？

「おや？　魔力が込められているのを感じますか？　でしたら、ぜひあなたの魔力も入れてみませんか？　もう何百年も維持はしているのですが少しずつ弱ってきているのです。私の魔力だけでは十分ではないのかもしれません。かといって他に出来る人もなかなかいなくて」

　と、カイルさんが寂しそうに言った。

　へえ……この綺麗なボールがなくなっちゃうのは嫌だねえ。地下からのエネルギーに包まれて、キラキラ幸せな光景なのに。

　私なんかでよければ、ちょっとお手伝い出来る？

　どうせまた二人にはどうのこうの後から言われそうではあるけれど。でも、私はこの過去の遺物は出来るだけ残っていてほしいと思ったから。アトラの記憶として。

　ボールの真下で目を瞑る。

　真上のボールを感じてから、その中心に私の魔力を流し入れてみる。おお……スルスル入るよ？まるで歓迎されているかのように吸い込まれていく。へえー、どこまで入るのかな……スルスル

……スルスル……なんかもう、もどかしくない？　もっとドバドバいっちゃってもいいよね？

はーいドバドバーどんどん入れちゃえ～！　いぇーい！　どーん！　そんなことをしていたら、ほどなくクリスタルボールから『おなかいっぱい』な感じを受けたので、やめた。

目を開けて見上げると、それはそれはたくさんのキラキラを撒き散らしながらグルングルン回るクリスタルボールがいた。おお、なんかとっても元気になったね！

嬉しくなって振り返ると。

ガックリとうなだれているカイルさんと、カイルさんを慰めるように肩をぽんぽんしながら笑いをこらえているおっさんがいた。

ねえ？　褒めてくれてもいいのよ？　私頑張ったよ？

と、私を見て、すぐにおっさんがやってきて、こっそり言った。

「髪留め落ちたぞ。あとで着けろ。お前、魔力を大量に使うと髪の毛が暴れるのな？　で、髪が元の黒に戻ってるからな。今は黒髪のままでいて、人目がなくなったら髪留め着けろ。でないと偽装がバレるぞ。」

おおっとー了解。風が吹くレベルで魔力を使ってしまったのか。集中していると気付かないんだよね……。ヤバい、白昼堂々だよ。髪が銀までいかなくてよかった。黒のままで。でも結界は解けたのか。

「一回店に戻ろう。カイルも落ち込んでるしな？」

ふと見るとカイルさんがしょんぼりして明らかに元気がなかった。あらー？

「……三百年、一族全ての魔力を注いできたんですよ？　それで足りなかったのに、一瞬ですか。バケモノですか、あなたは……」

奥の店に戻って椅子に座ると、カイルさんは机に突っ伏してブツブツ言っている。

ええ？　でも私はちょっと足りなかった分を埋めただけでしょ？　今までカイルさんたちが入れていた分が大半なんだろうから、そんなに落ち込むことはないんじゃないかな？　私なんてちょっとよ、多分。

「……カイロスが、なにも知らないから他人事と言った意味がわかりました。なるほど、こういうことなんですね？」

「そうそう、そういうこと。わかったろ？　もうオレは驚き慣れたからな？　で、見るとやっぱり嫁に欲しくなるだろ？」

「なるほど。シエルさん、もしフリーになることがあったら私もお相手の候補に入れてくださいね」

落ち込みながらなに血迷っているんだ……。

ねえ、私も一人の人間なのよ？　気持ちってものがね？　あるのよ。魔力を持った人形ではないの。

私は今のところ「だんなさま」が一番好きなのよ。そして多分これからも。わかって？

「まあ、さすがというところだな。オレも伝説の『アトラの虹』をこの目で見れるとは思わなかったぜ。綺麗だったたな」

虹？

『月の王』がいた時代は、王によって常に魔力を補充されていたので、あの広場には常に魔力の虹がかかっていたという伝説があるんです。魔術師なら見える魔力の虹。ただ王が死んでからは虹は見れなくなったので、今生きている人間で見たことがある人はいなかったんですよ」

「「今までは」」

え？　そうなの？　いいなあ私も見たかったな、その虹……。虹ってことは七色なのよね？　どこだったんだろう。あのボールの周り？

「カイル、お前、こいつ殴ってもいいぞ。あ、そういえばこいつの旦那の『だれも触れない』魔術があるんだった。じゃああっかんべーでもしとけ。ストレスを溜めるのはよくないからな」

え、酷い……。

「……どうせ数年は虹は消えませんよ、あの勢いなら。いつでも見に行ってください。ただし騒ぎが落ち着いたらね。そして、たまにはまたここに来て魔力を補充してくださいよ。私も楽出来て万々歳です」

カイルさん、言っていることとそのジト目、合っていない気がするよ……？

喜ばれているのか迷惑がられているのか自信がなくなってきたよ……。

「あの虹、すぐに話題になりますよ、魔術師の間で。黒髪の『再来』がやったって。誰も見ていなかったとは思えませんからね。よかったですね、早々と髪飾りが落ちて。なにしろ凄い勢いでしたからね？　魔力の風が。なるほど『セシルの再来』が騒がれる意味がわかりました。あなた、その様子だと、きっと井戸の他にもいろいろやってますね？」

ぎくーん。えー？　ナンノコトカナー？　ワカラナイナー？

おっさん、こっち見ない！

◆◆◆

「あ、おい、大丈夫か？」

ん？　……なんか腰が抜けたみたい。あれー？　力が入らないよ？

慌ててカイロスさんが椅子に座らせてくれたけど、あれれ？

「よかったです。あなたも人間だったんですね。あれだけ物凄い量の魔力を放出してピンピンしていたら、あなたは本当に化け物なんだと思っていたところです」

カイルさんのジト目は直りませんか。そうですか。

あー、なるほどね。エネルギー切れということか。

なるほど。また私は調子に乗ってやり過ぎたのか……。

「『また？』」

あっ、いやなんでもないです……。

「とりあえず明日の朝、教会に行ったら今日の影響を見てみます。神父はまだ数日は帰らない予定ですからどのみち私は仕事です。場合によってはカイロスと私、両方が『再来』と一緒にいたという噂が出てもおかしくはありませんから」

ああ、カイルさんまで巻き込んでいる？　申し訳ない……。

「それでオレも考えたんだけどよ。カイル、お前、オレらと一緒にシュターフ行かねえか？　ちょうどこの街の守護魔術もしばらくはメンテナンス要らなくなったみてえだしよ？」

「うーん……」

「あれ、そこ迷うとこ？　オレとしてはいい提案だと思ったんだけどな？」

まあカイルさんにはお店があるしねえ。難しいかもねえ。

いづらくなったらうちにおいでと言えるようなお家が私にはないからなあ。あら、私根なし草……。ちょっと考えないようにしていたことを自覚してしまった。うーん、「だんなさま」そろそろ起きないかなあ。

私は立てるようになったら、今日は宿に戻って休むことになりました。まあ、お前はしばらく出てくるな的な？

でも、その虹とやらは見たくない？　見たいよね？

今日はおっさんとも一緒じゃない方がいいだろうということなので、私は宿に戻る途中でこっそり寄り道して、一人でさっきの中央広場？　にやってきましたよ。

茶髪よーし、髪留めよーし、隠密の結界よーし。

服は変わっていないけど、出来るだけ地味ーにしている上に隠密の結界があるから、遠目に見る分にはきっと大丈夫。私はモブ。背景に雑に描かれる人。

クリスタルボールは相変わらず元気にグルングルン回っていて、キラキラの光を撒き散らしていた。あんな勢いで回り続けて魔力を消費しないのかしらと思ったけれど、ちょっと探っても全く変わりなかった。燃費がいいんだね。

『月の王』凄いな。

さっきより人が多い気がする。何人かの人が見ている方向は……ボール？

あの見上げている人たち、もしかしてみんな魔術師なの？　何人もいるよ!?　さすが旧首都、エネルギーの湧き出る街。好んでやってくるという話を実感する。

でも虹……？　どこ？

んー？　見れば見るほどキラキラばかり。

あ！　他の人にはこのキラキラが見えないのか。そういえば。

え、じゃあどうしよう。

どうしたら……。

やる気なく見てみる。キラキラしてる。

片目で見てみる。キラキラしてる。

目を閉じて見てみる。なおさらキラキラしてる。

ダメだよー見えちゃうものを見ないって、どうするんだ。

ずっと立っていると怪しまれそうなので、目に入ったお店でおやつを買って、空いていたベンチに座った。

私は我慢出来ずに小腹を満たしている街の小娘です。ふふっ。完璧。

もぐもぐもぐ……。

口に意識が行っているからぼんやりしていてもいいよね。

これは、裏技を使えばいいのかな。

秘技、人の目を通して見る！

はい、ちょっとすみません～表面だけ感じさせてね～なに見てるの～？

ぼんやり見上げている数人の意識を感じとる。

すると、ほとんどの人から同じ光景が見えた。

虹が三重にかかっていた。三つ⁉

なにもない空中に、鮮やかな虹が三つ折り重なるようにかかって、そして少し揺らめいていた。

あら綺麗～～～。

なるほど、虹だわ。

ほへーなんだか癒される……。

私は人の意識を通して見た虹と、自分の目で見たクリスタルボールのキラキラと、そして美味しいおやつを堪能したあと、おとなしく宿に帰って眠ったのでした。


翌日。

私はちょっと思うところがあってカイルさんのお店に行ったんだけど。

待っていたのは目の座ったカイルさんでした。

あれ？

「そこの私は無害ですよーという顔をしている超危険なお嬢さん、昨日は何処に寄り道をしていたんですかね？」

って、あれ？　なんでバレてる？

顔を見たとたんに奥の店に連行された私はくどくどとお説教をくらったんですが？

まっすぐ宿に帰るって言ってましたよね？

約束しましたよね？

でもさ、でもさ？　虹、私だけ見ていないの不公平じゃない？

そしてカイルさんは溜め息をついたあと、説明してくれたのでした。

曰く、中央広場の異変にいち早く気付いた教会の人たちが、素早くなにがあったのかを調査して、そして昨日一日、広場に来た人間を全員記録していたのだと。そして今日も記録しているらしい。

えっ？　記録？

「あなたの隠密の結界は、見ようと思えば見えるんですよ。意識しなければ気付かないというもので、人がいるな、どんな人だろう、と思ったら見えちゃうんですよ。自覚してますよね？　なので教会がリストアップした、広場にいた人リストにばっちり入っていたんですよ！　なにやってるんですか。そしてこの街の人間ではないので身元不明の人間として重要人物リストにも入っていたんですよ」

がーん。まじか。私のあの小芝居の意味どこ行った。

「もともとこの街は旧首都、そして魔術師の集まりやすい土地ということで、教会の監視が厳しいんです。身元不明の人間で、しかも異変のあった時に黒髪をなびかせて棒立ちしていた不審者もとい『再来』らしき人と同じ年頃の女ときたら、調査が入るのは当たり前でしょう。あのまま放っておいたらあなた、今宿からここに来る間に捕まっていましたよ」

ひぃ――――。教会怖ぃ！　執念深ぃの反対！

いまさらながら青くなる私を冷たい目で見たカイルさんは、そして付け足した。

「朝教会で私が気付いてよかったですね？　しょうがないので、広場でのんきに買い食いしていた女は、私の遠い街に住んでいる友人の妹で、観光に来ている遠い街のシエルさんだと説明しておきました。不本意ながら私がこの街での身元保証人です。お願いだからおとなしくしておいてください」

はいー！　すみませんでした！　お世話になりました！　ありがとうございます！

「ついでに『再来』らしき人がやらかした時も私と一緒にいて、『再来』を見たはずなんだけれど、相変わらず買い食いしていたのでそっちは見ていなかったみたいだとも言っておきました。いいですか？　あなたはあの時私と一緒にいて、おやつを買い食いしていた。だから私がびっくりしていたのも他の人がいたのも気付かなかった。そして、その時に食べた味が忘れられなくて、また一人で引き返してもう一度食べに行った。　い　い　で　す　ね　？」

はい……完璧です……ありがとうございます……私は食い意地の張った呑気でまぬけな人間です……その通りです、はい。

「さて、ではシエルさん、せっかく遠い所から私を訪ねてきてくれたのに、呼んでくれたお礼に今日はお手伝いで店番をしてくださるという話、ありがたくお願いしようと思うんですよ？　私の店の売り上げに貢献《こうけん》してくださるとはいい心がけです。いやあ、助かります。あなたが店のお手伝いをしてくれていたら、教会の連中も私の知り合いだと納得してくれますし、あなたも嬉しいですよねえ？　となるとお店からもう今日は出ないですよね!?」

はい……よろこんでー。

◆◆◆

アトラスという街には一番長く滞在しているかもしれない。

街に愛着らしきものを感じ始めてそう気が付いた頃。

カイロスのおっさんがカイルさんのお店に珍しく姿を現していた。

そういえば最近おっさん見てなかったな。

「よお、店員さんべっぴんさんだね！　オレと結婚しない？」

「いらっしゃいませーしませんよー」

「お前すっかりこの店に馴染んだな……」

そうねー気が付けばねー。仕事でもないと最近はちょっと暇をもて余しぎみなので、すっかりこの店のバイトとして居着いてます。のんびりするのもいいけれど、一人ぼっちじゃつまらないの。

「こいつ、助手として使えんの？」

「そうですね、まあまあです」

まあまあか。しょぼん。

「いやいや、こいつが助手って認めているだけでも凄いから。今まで弟子入り希望なんて山ほどあったのに、みーんな断っていたんだぞ？」

へー、カイルさんさすがだね。私もクビにならないように頑張ろう。

「で、どうしたんです？　『再来』と一緒に中央広場にいたのがそろそろ言い逃れ出来なくなってきましたか？」

奥の店に閉じ籠ったとたんに言い出すカイルさん。

え？　おっさん責められてたの？

「そっちはなんとか誤魔化した。前に会ったことがあったから懐かしくて声かけただけだって。まあ最初は疑われたけどな、毎日言ってりゃ本当になるんだよ」

カイロスさんはカイロスさんだった。つよい。

「それよりカイル、そろそろ神父が帰ってくるんじゃねえか？　そしたら一緒にシュタープ行こうぜ。お前、あっちにもこっちにも魔道具売ってただろ。領主の館やら仕事場やらから山ほどお前が作った呪いのオモチャが出てきたぞ」

「作って売ったのは私ですが、それはお客のご要望にお応えしただけですよ。私が仕掛けたわけではありません」

「そりゃーそうだろうけどよ、領主が呆れてたぞ。まああの領主も同じくらい政敵に送ってそうだけどな」

「もちろん、かの方にもたくさんお売りしましたねえ。なんに使っているのかまでは存じませんが」

嫌だよー、そんな話は私のいない所でやってくれ。

「そろそろ片方が落ちるぞ。お前のお得意さまが何人減るかな」

「それはあなたが味方した方の、敵がということですね」

「もちろん」

「なるほど……ではあの方たちですね。残念ですね、支払いのいい方たちだったのに」

うわーん怖いよー。

「さすがに領主が問題視している。これからはなにかしらの制約がかかると思ったほうがいいぞ」

「うーん、それは残念です」

「で、お前の商売もどうせ縮小しないといけなそうだし、この際一緒にシュターフに行って、あっちで一旗挙げようぜ？」

「とかなんとか言って、シュターフに行ったら行ったであなたにいいように使い回される気しかしないんですが？」

「……」

ありうる。大いにありうるよ！　絶対そうなるに決まっている。私には見える。見えるぞー。

「えー？　ソンナコトナイヨー？　ほら、助手のシエルも行くことだし、師匠もおいで？」

誰もおっさんには勝てない。私はこの時そう確信したのだった。

しかもこのおっさん、付き合う相手が町長、市長、領主とグレードアップしているよ。末恐ろしいですね。

「あなたがカイルのお弟子さんですか、なるほど可愛らしいお嬢さんだ。きっとたくさん魔力をお持ちなんでしょう、うらやましいですねえ」

なーんてニコニコしている壮年の紳士はこのアトラスの教会の神父さま。

え、怖。教会怖い。逃げていい？

まあ、逃げられるはずもないんですが……。

さすがアトラスの教会にいるだけあって、魔力とかさらっと認めていらっしゃる？　と思ったら。

「私も少々魔力がありましてね。お陰で『アトラの虹』が見れました。なるほど凄いですねえ、過去の遺物というものは」

なるほど。魔力を持った神父さまだったのか。

ここは教会の中の神父さまのお部屋です。お仕事する所ね。

清貧《せいひん》という言葉を体現するような、とってもすっきりしたストイックなお部屋です。

ここでカイルさんが代理を務めていたのを労《ねぎら》ってくださっているんですが、なんで私まで……しかもいつ弟子に昇格したんだよって話ですよ。否定しないんですか？　師匠（仮）。

「実は少々王都で困ったことが起きてねえ。それで帰るのが遅くなったのだよ。私も協力を要請されて頑張ったんだがねえ、これがなかなか……。でね、カイル、君だったらなんとかなるかもしれない。だから」

「お断りします」

しーん。

「……まだ用件を言っていないよ？」

「用件がなんであろうとも王都には行きませんよ。祖母の遺言ですから」

出た！　伝家の宝刀。おっさんは「じいちゃんの遺言」だったな。そのうち私も使っちゃおうかな、記憶ないけど。

「相変わらずだねえ。でもねえ、これは極秘なんだけど、大変な問題なんだよ。王都の魔術師団でも対応出来なくてねぇ」

「そんなこと私には関係ありません」

カイルさん……神父さまに向かって強気だなあ……。まあ、部下ってわけでもないのか。だけど神父さまも強かった。まだまだ食い下がる。

「でも、『セシルの再来』には興味あるだろう？」

「王都でどうも本物らしいという人が見つかってね」

「「は？」」

思わず声が出た。いやいや、私は壁です。え、でもなに？

さすがにカイルさんも反応する。そうだよね。今ここにいるもんね。危険？　逃げる用意する？

「「はあっ⁉」」

いや私は壁に……無理！

王都に？　え、ホンモノ、って、え？

「彼女の魔力が大き過ぎて、誰も、魔術師団でさえも彼女の魔力が測れないんだよ。しかも彼女はかたくなに魔術を見せようとはしなくてねえ。貴族の令嬢で、お父上がしっかりガードしているせいでなかなか無茶なことも出来ない。ただ、黒髪、黒目、年、等の条件は合っている。そこでカイル、君なら。ね？」

あ、カイルさんすっごい渋い顔をしているよ？　でも凄いね、カイルさんの能力が認められているんだね！　魔術師団でもダメだったんだって。

「申し訳ありませんが、私はつい先日、シュタープ領主からの招待をお受けしてしまっていますので、王都には行けませんね。残念ですが他の方に依頼してください」
あれ？　初耳なんですけど？　あ、こっちに目配せ？　黙ってろってこと？
なるほど。
今決めたな？　シュターフ行き。
そうまでしてでも王都には行きたくないのか。
きっとおっさんが大喜びするな。
「おお！　やっと決めたか！　よし行こう！　すぐ行こう！」
ほらやっぱりねー。

エピローグ

「もう出ちゃったんだからいいかげん諦めろよー？　カイル」

おっさん、慰めているようでニヤニヤした顔が全てをぶち壊しているよ。

「諦め？　そんなものはカイロスがこの旅を言い出した時点でもうしてますね。口であなたに勝てる人なんていないるんですか？　そもそもあなたの中ではもう出発の時期だけでしたよね、決まっていなかったのは。今回はうまく事が運びましたね？」

カイルさんは終始ジト目で前を見据えて歩いている。

「まあな？　大丈夫ダイジョウブ。ちゃーんと着いてからカイルにもいい生活させてやるからよ！」

「それはむしろ不安しかありませんね。シュターフで私になにをやらせようとしているんですか」

「ダイジョウブだってー信用シロヨー」


そんな二人の間に挟まれて、私は。うん、しょうがないから関わらないようにしているよ。とばっちりは御免だ。口を出したら私もなにか言われるやつ。おとなしくしておこう。

まあ、もう出発しちゃたしね！　お店も強制休業させられてるし。おっさんに睨まれたのが運のつきだ、諦めよう、カイルさん。でも気持ちはとってもわかるぞ！

「あ、そうそうシエル、次の街の名物にうまいもんがあるらしいぞ！　楽しみだな！」

「ちょっと。なにわざとらしく話題を変えているんだよー。私を巻き込まないで。で、その名物とは？　お菓子？　おやつ？　それともご馳走!?」

「……あなたもなにを乗せられているんですか。カイロスがなにか企むなら、あなたも入っているんですよ？　能天気に食べている場合ではないでしょうに。少しは危機感を持ったらいかがです」

えー？　でも心配してもしょうがないしねえ？

このおっさん、企んでない時がないじゃないか。若干もう慣れたよね。大丈夫、膝の呪いも発動していないことだし、なんとかなるでしょう。とりあえずは害はない。はず。……多分。

それにしても久しぶりの三人旅だ。シャドウさんがいた頃がもはや懐かしいね。あの頃はひたすらおっさんが一人で喋っていたような。そしてこんな事態になるなんて、全く想像していなかった。

いつか「だんなさま」が元気になったら、今度は四人で旅が出来るかな。

最初はシャドウさんとずっとのんびり二人旅をするものだと思っていたのに、今やこんなに賑やかになっちゃったよ。でも楽しいね、仲間がいるって。

ありがとう、だんなさま。私は旅を満喫してます！

あ、でも早く迎えに来てね？

一生旅は嫌だからね？

あとがき

この度は拙著をお手に取っていただき、誠にありがとうございます。

このお話は遡れば高校時代、宿題で書いたお話が元になっております。当時原稿用紙で八十枚書けばいいところを調子にのって百六十五枚書き、ひいひい言いながら清書をしたのは良い思い出です。それを今、大人目線で書いたらどうなるか？　そんな気持ちが芽生えて書き始めたお話です。

なにしろ当時の、いわば原作とも言えるお話は危機感のない女子高生らしく、一人で見知らぬ世界で目覚め、一人で旅をして勝手に自力で覚醒し、一人で時の権力者と渡り合うまでになるという、大人になった今となっては到底あり得ない防犯意識の無さ。そしてお金はどうした。そういう細かい所を丸々無視した、ある意味ファンタジーだからこそ出来るご都合主義の塊でした。まあだからこそファンタジーを選んだともいえるのですが。時代考証とかメンドクサイ。書き進めてもう終わりという頃に「あ、雨が一回も降っていない！　おかしくね？」と思いつつメンドクサイからと強行出来たのは、ファンタジーのおかげなのか若かったからなのか。そんな記憶のせいで今作のタルクの町では早々に雨が降りました。教訓は生かすのだ。

そんなお気楽に楽しく書いた当時の作品が、完成した時はもちろん嬉しかったですし、なにより当時の現国の先生だったK先生が私を突然呼び止めて「昨日読んだ。おもしろかった」という趣旨の感想を言ってくださった時の嬉しさは今でも忘れられません。思えばその一言があったからこそ、今になってまたあの話をリメイクして書いてみようかと思ったのかもしれません。

そして今、このいわば自分のためにこっそり書き始めたリメイク大幅増量作品を思いの外たくさんの方が読んでくださり、そして書籍化までしていただくという、書き始めた当初は全く予想していなかった事態に心から驚き、そして大変嬉しく思っております。それはもう高校当時の喜びとは比べ物にならないくらいです。私の人生であとがきを書く日が来ようとは。私は本当に幸せ者です。

そうそう、そんな私から、このあとがきを読んで自分も書いてみようかな、と思ったあなたに、ひとつだけお伝えさせてください。「ペンネームはちゃんと最初によく考えて。適当につけると後で後悔するぞ」以上です。


この本を通してまた新たにたくさんの方々と知り合えることを願って。少しでもお楽しみいただけましたら幸いです。

また、本作の刊行にあたりご尽力をいただいた、全ての方に心からの感謝と御礼を申し上げます。ありがとうございました。

そしてこの作品を読んでくださった全ての方に、心から最大の、感謝を。

Ｈａｎａ

BKブックス

放置された花嫁は、ただ平穏に旅がしたい

2019年3月20日　初版第一刷発行

著　者　Hana《はな》

イラストレーター　くろでこ

発行人　大島雄司

発行所　株式会社ぶんか社
〒102-8405　東京都千代田区一番町29-6
TEL 03-3222-5125（編集部）
TEL 03-3222-5115（出版営業部）
www.bunkasha.co.jp

装　丁　AFTERGLOW

編　集　株式会社 パルプライド

印刷所　大日本印刷株式会社

ISBN978-4-8211-4511-9